雅众诗丛·国内卷

兀鹰飞过城市

宋琳诗选
1982—2019

宋琳 著

北京联合出版公司
Beijing United Publishing Co.,Ltd.

雅众文化 出品

目 录

辑一　上海：无调性

观大卫画作《马拉之死》　3
莫尔顿信札　5
旭日旅店　7
无调性　9
只有时间　11
到白洞附近走走　13
城市之一：热岛　15
空白　16
人群　18
兀鹰飞过城市　20
星球坠落（诗剧）　22
保罗·克利在植物剧场　28
仿佛走在去大马士革的路上　30
新超现实主义的同谋　32
旺季　34
老虎　36
写给查的猜谜诗　37
神圣罪人　39
捍卫沉默　40
长笛吹奏者　41

辑二 巴黎：家书

我爱生活在陌生人中间　45
保罗·策兰在塞纳河　46
魔术师的房子　47
最初的诗和毁灭的诗　48
正午的邂逅　50
三十五岁自题小像　52
书简片段　53
中世纪博物馆　55
夜航　57
信天翁之死　59
元素之歌　60
大爆炸　64
灵魂的私人侦探　66
无眠　67
孩子，红鹿，水壶　68
接近：两只土拨鼠　70
火车站哀歌　72
反重量定律　73
题《拉丁语地区的两个火山喷口》　74
城墙与落日　76
不可见之物的血　78

辑三 新加坡：采撷者之诗

伸向大海的栈桥　91
采撷者之诗　92
老人　95
十年之约　96
天花板之歌　98
闽江归客　100
博登湖　106
多棱镜，巴黎（选章）　108

刺客　111
    伊金霍洛　113
    送克莉丝黛去北京　114
    答问　116
    诗话三章　118
    有感于《周易》古歌的发现　120
    脉水歌　122
    无题　128
    布洛涅林中　129

辑四　布宜诺斯艾利斯：语言简史

    契多街　133
    一年将结束　134
    语言简史　135
    在拉普拉塔河渡船上对另一次旅行的回忆　136
    阿根廷的忧郁　137
    博尔赫斯对中国的想象　141
    给青年诗人的忠告　143
    贝尔格拉诺　145
    音乐　146
    仙人掌　147
    二十年后　149
    印第安邦乔　151
    补记：鲁瓦河口的夜　153
    客中作　155
    饮者观舞　157
    断片与骊歌（选章）　159

辑五　北京：海棠花下

    南疆札记　181
    西湖的晴和雨　183

秦始皇陵的勘探　185
山居杂诗　187
海棠花下　189
流水　191
日全食　192
口信　193
用诗占卜　194
鲁迅还活着　196
噫吁嚱！一个行者　197
献给玛尼堆的小石片　199
策兰的控诉　200
日本海啸纪事　202
祝英台近　204
致米沃什　206
在期待中　208
东欧诗人　209
雪夜访戴　211
术士郭璞　213
读卡夫卡　214
白桦林边　215
天赐湖　217
秋声赋　218

辑六　大理：内在的人

广陵散　223
弥留　226
观李嵩《骷髅幻戏图》　230
环洱海地区　232
在纽约上州乡间的一次散步　234
翻越高黎贡山　236
巴黎，恐怖之夜　238
送别 C.D. 赖特　240
古代汉籍中的滇西部族　241

蕉城　242
车过田纳西　243
对一个地区的演绎（选章）　244
当万物都走向衰败　248
菌人国　250
双行体　252
佛蒙特营地　258
通往冶山的路　260
赫拉克利特谈灵魂　262
阮籍来信　264
观音菩萨诞日的云　266
内在的人　268
摘录一位父亲的留言　270
阿怒日美（选章）　272
重逢　284
我见识过一些城市　285
痛苦的授权　287
厌倦了挽歌　289
寂照庵　290
声音与现象　291
搜集松针的人　292
致同代人　293
沙溪口占　295
曲园说诗　296
访陈寅恪故居　299
与小熊猫照面记　301
伪经的词条　302

跋　309

辑一
上海：无调性

观大卫画作《马拉之死》

那颗撞击过旧制度的头颅
终于垂下。砌进影子
和狞笑的墙，酝酿着雪崩
并静静覆盖了一场谋杀
窗外，巴黎和世界奔突着
号叫与喧哗

马拉死了
死在国民公会那最后一次辩论之后
死在宣判一个可怜的君主死刑之后
死在黎明前静谧的浴缸里
街头的《马赛曲》
奔流向被分割的国土
洗涤剑戟上的血污、耻辱和贫乏

一位五个孩子的母亲
徘徊在旷野上
泪水经过脸颊
渗透躺着丈夫和勇士们的泥洼
她不信这一次
死亡扮演的竟是一个女刺客
不信眼睛里燃烧的是一汪热的血

她守候着,守候着
一封永远发不出的信
和五个法郎……

画家,站在你的画前
如果我追问,历史该怎样回答?
当断头台那吻过暴君脖子的刀刃
又在革命者的脖子上飞快落下
是否所有的逻辑只通向
一种疯狂,没有别的道路
除了杀与被杀?

        1982

莫尔顿信札

莫尔顿草原上已经开始化雪
铁匠铺的破风箱呼哧呼哧歌唱
那么忘情地引来青葱马
引来铁匠的黑孩子和走出棚户的女孩
围着我
默默地围着我

这样的时刻
我的手风琴和喉结一起颤动
伴奏孩子们好奇的眼睛
几世纪又几世纪只有破风箱
伴奏过风声雨声
暴雪之夜孩子同羊羔一道降生
一落地就学会了
放牧、打铁
或遥远地出嫁

噢我的手风琴沿着莫尔顿草原拉响
孩子们高高矮矮站成一排
等待向阳坡上的邮递马车
当小丫杈似的手
抚弄妈妈寄来的包裹

我的眼泪便在草叶上铿锵
——定要像锻打生铁一样
锻打你们
直到脏嘴巴里的每颗白牙
都长成了羊齿草
衔住草原
衔住人生这部大书

        1984

旭日旅店

一场秋雨把我们困在旅店里
不见旭日,不见旭日
窗外是淡泊的远山。枫林正晚
向隅的简易行囊被雨意尽情涂抹
我们的情绪被渲染,被渍化
又被另一场更大的秋雨
写进山水画境

我们是徒步进山去的

三个黑脸膛的矿工也被困在旅店里了
他们要赶回山那边的竹篑煤矿
他们揉搓着大手诅咒倒霉的天气
诅咒断绝交通的道路
他们的年龄和身高都与我们相仿
但对这场秋雨的率真
却与我们含蓄的嗟叹全然不同

(所不同的是否还有
对某一种距离的理解
对偶然夜宿一处的感遇呢
如同旅店之于远山

一场秋雨之于另一场秋雨）

那一夜我们不约而同想起了凡高
他去过比利时南部的某一座矿山

1985

无调性

但你得在格子里留下你不能这么快
离开玻璃与玻璃的碰撞充满和谐
我渴望向你靠近
我跃过一道道栏杆向你靠近
你的嘴唇滚过响木急不可耐的声音
窗外有海钢琴上的一只手
从不同的角度伸进你
你被奏鸣你的和声我已听见
我跃过一道道栏杆向你靠近
时间在我的动作里走过一行

你不会这么快开口习惯地仰起脸看我
我感觉你的一只眼很正常另一只却
躲在潜意识的翅膀下闭起
橄榄是南方植物在你的器官里移动
我看见你重新举起手来
愉快地呻吟我看见栏杆
跃动一下绊倒了我的怯懦
我喜欢距离产生的神秘
但你得留下留在我
庞大的打击乐里唱你的无调性

时间的鬃毛遮不住什么
阳光强烈我跑动时踩响了窗外的海
沉船多么悲壮海涌来淹过我们的头顶
这是音乐是超时空生命最悲壮的序列
你就这样坐着在玻璃的触觉后面等着我
我跌倒我急促地喘气手上挥舞的
橄榄四散开来直到爱情平息

栏杆像山羊安静地反刍路边的青草

1985

只有时间

只有时间是真实的
只有时间能穿越表象世界的感官进入体内
让坐在藤椅中的女人仅仅转动一下脸庞
　　便使观赏者的眼睛惊异
　　使你彻夜不眠

只有时间创造了流动
　　创造了河
两只水獭被自然之母丰腴的子宫分娩
爬上岸来频频交颈
宇宙由此进化
这无知的兽类是颅骨硕大的人的先哲
　　也是最初的观察者

只有时间使香樟树凿成不系之舟放浪于泽上
　　午宴的男人和女人隔着巨川
　　看见我们
　　相继远去
留下了承接果实的火制陶盘
由聪慧之手举过头顶
只有时间具有如此巨大的挑逗性
　　向你亮出最神秘的部位

  又迅疾遮掩
只有时间的喉腔发出尖锐而怪诞的声音经久不衰
  在你的血流里激起水花
  万物在舞蹈中静止
只有时间让那么多远道而来的朝觐者双膝着地
普利高津[1]的前额被欲望敲出黑洞
在世界的海滨
不明飞行物的残骸长成的一片
  人间奇景

只有时间端坐于高坡
用灿烂的手指向我耳语
人啊，举在我右手上的地球是一只多味苹果
内中的果仁有三颗
时间如是说

1985.3.26

---

[1] 普利高津 (Ilya Prigogine，1917—2003)，比利时物理学家、化学家，1977年诺贝尔化学奖获得者，非平衡态统计物理与耗散结构理论奠基人。

到白洞附近走走

到白洞去,到宇宙城的中心走走
悄悄溜出门,步行或乘一辆慢车
比背信者可亲的狗沿街狂吠
在那里,肉眼够不着的去处
造物主玩弄一只扁平的矮星
白光暴露他手掌上的死色
我们的胆囊冻成冰
一闭上眼就能看见末日的奇景
脑门的上空蓝得可怕
我们踏上去,身体被吸入
又被抛出来,有如一节节鱼雷
向地球的反面飞去
热的风,使你神魂飘荡的风
托住天马的翅膀和我们被剥光的衣服
无目的地游入空门
把人的气味留在天外
在上帝至福的床上繁殖生灵
亵渎的使者,结束这恐怖的游戏吧
我们想回故乡去
欢呼的人,脚插进太平洋
在火山口,树扭成野兽

嘴里的腥膻飘满城市飘啊飘啊

人四肢无力

            1986.6.3

城市之一：热岛

少女月潮引来旱季的红雨

眼睛从海底浮向沙面

在人的两个洞穴里沦为发光的天体

被命名所误解

那河源的误解由来已久了

文身之谜蚀空了你的五腹

外表依然装饰得华贵——去快餐厅吃高蛋白的蜗牛

去沙滩上崇拜阳光和性征

侵犯最深处的自由

城市人

实验室里的一只白鼠为文明流泪

猎鹰的父亲走向高山上的莽林

建立一个人的哲学

热岛在飘移

抓不住悬梯的溺水者被甩下

成为唯一的幸存者

热岛不在飘移中沉没

就在最后一秒钟返回

1986.6.5

空白

> 在那里时间解放了他们。一只翅膀最红,
> 遮着世界,而另一只已轻柔地在远处扇动。
>
> ——埃利蒂斯《勇士的睡眠》

去过的地方离我们并不遥远
憋足了气慢慢跑就能赶上。一些容颜古旧的鸟
胸脯里装满谷粒
我的口袋里装满了钱
去白得耀眼的房顶上滑雪
跌落时会有一阵恐惧的心跳,脚发软
身体的下面很深
晚上在铁道旁的旅店里光着身睡眠
隔着栅木可以看见
肌肤若冰雪
方寸之间有一丛绒毛粘上福分
与窗外灵性的草没有两样
无声地蔓延
直到月食,天上出现空白

那一切都挨得很近
火柴和烟斗,腰和臀,宗教和艺术
两个半圆轻轻合起

像下巴上的嘴,用呼吸吹奏死亡

最美的花在城市附近的村舍微笑

没有人知道她的身世

父王的脑髓被神明点了天灯

我想起枫丹白露之夕

画匠们拖着雪橇云集,争论什么是空白

房客有了主人——这是我的财产

你们随便使用吧

午夜的另一面是墙壁,突破

你可以继续赶路

我把手枕在头下,身体便缓缓飘过

所有去过的地方

城市的停尸房里有我的熟人

绰约若处子

可怜的脚涂满了泥巴,手松开一片死光

1986.6.2

人群

我不能看到那些脸,那些浮着灰尘的吸盘
鼻子贴在明亮的空气里
失去了愤怒
在形体古怪的树下站着
从高处凿成方形的洞里探出身来
喊我的名字
被七八个东西驱赶着,进入杰特酒吧
像孩子一样无声地干哭
我在玩弄一只魔盒,逐一打开
大河竖起在城市的午后
我看不见什么,我看见了记忆中的若干人群

我之外的一切都是距离吗?
一张脸鱼一样游来,又很快离开
没有用意也没有所求,似乎非常古老
车子停下时我在动
汽油味灌满了空瓶,沿街滚去
我坐在地铁出口处的长椅上读报
明天还是如此
人群都长了羽毛,一跳一跳
但卸不下笨重的面具
在更远的远处他们是乳房低垂的鸟类

向我俯下身来。我想:
我要打开的是哪一只魔盒
是我被无形之手打开了吗?

我感到了大河
拖船停在第九级台阶已经百年
充当模特的老者满脸羞色,他被围观
但没有人看见他
抱住骷髅的手盛开如一朵恶之花
迅速枯萎,没有人为它流泪
长椅伸向另一端那第二个读报人
亲亲我,影子
用你的络腮胡扎我,让我发痒或者
到澡堂里泡一泡也行

想你到死的人群,受难的人群
坐在孤独的房子里想着圣地
举着同一块石头敲击同一块冰
扭成树根的脸被挖掘又被遗弃
明天的明天
会有一只狗从我的体内跳出来
如果它的舌头吐出了一些人语
那意思就是
汪汪,汪汪,汪汪汪汪

兀鹰飞过城市

兀鹰在夜里飞过城市
这只是一条消息
人们翘起下巴
整个白天都在下巴上做各种准备
想象他的模样
那翅膀好大,左边是受过伤的
扎着绷带
长胡子的兀鹰,属于男性
喉结突出
上年纪的人从百年老屋出来
说这是难遇的瑞兆
英雄就要回来
节目主持人公布了惊人的预言
整座城为之疯狂
女人喝多了酒,说些难得的下流话
儿童老气横秋,把手背在身后
装着什么也没有发生
后来天黑了,我起来小便
感到有些艰难
我从耳朵里探出半个脑袋
听说有关坠机的谣传已经证实
兀鹰带着枪伤飞行

比任何目的飞得更远

听说打伤他的人受了惩罚

群众向他吐唾沫

将他关进笼子个人展览

我夹在高大的人群中

挨了不少愤怒的拳头

我的喊声蚂蚁　般塞满自己的嘴巴

我想呕吐

后来就到了车站

就吵了起来

有人建议必须请兀鹰出面

用催泪弹解决问题

这只是一条消息

兀鹰在夜里飞过城市

1986

星球坠落（诗剧）

报载：136年后地球将与一颗行星相撞，那给人类带来灭顶之灾的巨石被命名为BM行星。

【引子】

家，人类唯一安慰的巢穴。炉火中的葡萄枝忽明忽暗忽明。只有白。窗外耀眼的乳罩，机器仆人中性的手，逗弄着孩子怀里汲水的袋鼠。
"春天请从烟囱里进来"，只有白……

【第一幕】

  人：现在该轮到我们上场了！多么遥远的楼梯
    爬不完的楼梯。平常的岁月里
    我们隐去，像伸出五个触角的水獭无性繁殖
    太阳啊——高处的丛林，高处的地鼠
    使我们浮现又使我们湮灭的水
    我们第一次感到累了……哦，累了……
  狗：聪明的人子生生不息，愚顽不息
  人：我们忘记了自己的生辰，在万物之先或者之后
    被暴虐的河神收养，嵌入蛤蜊之王的胞囊

我们生下时已经认不出自己

肋骨一根根拉长，像冒出水面的古老的风车

撩起锋利的鱼鳍、可怜的鱼尾

在日本海域抬起鹿一样美丽的长颈又永久地没了

忘记了我们的罪孽

狗：聪明的人子生生不息，愚顽不息

人：但我们的家园种植着麦粒，皮肤渗入河水

瘦小的脚踝同树根一道埋下

岸上的城市在日影下像一面银白的旗

塔高耸，摇曳

我们看着瘦小下去的身躯在风中摇曳

经验的种子被一只独脚灰鸽的嘴

　　　　四面吹散……

狗：安眠吧，人！

绕过那些弯成蛇身的楼梯的拐角

躺在自己的身旁。吹散的骨头和吹不散的油

离你更远的离你更近

人和狗：将要来临的是什么厄运？房子里的吉祥物

倾逼人心。我们捉住了那房子进而捉住了

晃动的肩背为昨夜的失约付出代价

狗失去尾巴

人长出恐怖的犄角

狗和人：然而日食呢？以脐为眼的天外人顺流而下

经过了什么地方？握不住的船桨漂入冰层

永不再来

它顺流而下，城市纷纷倾颓

昔日的荣名与钱币随风而逝，鸟毙命
黑暗中走动的赤狸喑哑如雪
我们——最后的博弈者
将扯下哪一瓣肺叶挂上树梢
从它摧毁一切生灵的巨大的肚脐下
……安然

    飞渡

【第二幕】

合唱队：星宿啊！天际中善良的使者，远道而来
   汗涔涔的白马拖着车辇
   是失去万年的祖先吗？远道而来
  男：看我把卸下的顶盖指点为一面铜锣
   为什么手会捂住声音？
   更远的地方又有木板破裂，古玩摔在地上
   手张开。我是逃犯还是追捕？
   煞不住的锣。你啊你啊，敲打你的是什么？
   不属任何一只手：张开的或攥紧的……
   不属任何一颗心：游离或者狡狯……
   上帝在空气里繁殖
   改变我们的木槌、轮子、马的四蹄
   远道而来，投附于我们
   无始无终的空响。抬头聆听时它
   消失，睡着时它发出

　　　　磁力和海的黑光

　　女：黑光？

　　　　瓮里的光？

　　　　永远否定自己的光？

　　　　活着就是为了死亡——死的七种含义

　　　　在七窍中的七个方位上

合唱队：星宿啊！天际中善良的使者，远道而来

　　　　死亡多么寂静，有如手捂住的声音

　　　　葫芦里低语的水，远道而来

【第三幕】

预言家：走过去，摘取那古玩上唯一的瑰宝——

　　　　人面上的一颗痣

　　　　那些火和涌出来的水，没什么两样

　　　　掌纹的命相振动在黑胶唱片中

　　　　它无限回旋，交给谁？

　　　　世界在门的里面正如在外面，低低地叫

　　　　都不是你

　　　　等你哦一秒，磁针指向三个方向

　　　　最后的一秒它来了。萨特说这是可能性

　　　　猜不中行踪的鱼雷游进了网罟

　　　　它死了，但一息尚存

　　　　那匠人从蒙在脸上的一匹黑布窥破一切

　　　　一切的一，一的一切

    归于道。星球在坠落
来者：你们早就认识我了吗？预言中的福音
    从来没有过的福音，在夜间降临
    火在水面漫延，然后是船、行贾人的箱子
    女人白皙的腿……我站在岸上
    目睹了一切变故，或者没任何变故
    马蹄在水面飘动。你们早就认识我了吗？
    皮肤里栖息的骨骼，人的第二颗心脏
    不在这里，亦不在那里
    沙漠风迹是上帝淡淡的指痕
    陶俑的话，哑人地下的颂歌
    听见吧！你们，拯救你自己！
    我将从存在之上回到没有井圈的地心
    流沙还是黄金？谁更沉重，谁又更轻盈？
    为命运而焦虑的矮种，劣人的慈父
    一百名处女卫队轮番向他奉献
    花开花落啊，星球不灭
    诗人的达姆鼓陷落如穴。他的手指将
    揭开皮肤下的最后一层伪装，率先进
    入造化。语言在丧失，记忆机能在丧
    失，世纪病，西方的没落或者东方的
    腐朽，同时展开，在丧失

    太阳照常升起，吉鸟夺路而逃
    剩下的人——他们累了，合起了眼帘

【尾声】

家,墙上的画比寓言更抽象,出自凡人之手。书、食物和简单的需求。两性相衔的嘴比黄金更高贵。和平出自内心,走动时想到坐下。可口可乐从易拉罐口溢出,比时间更长久

1986

保罗·克利在植物剧场[1]

我们需要休息
让植物娱乐的剧场就在附近
警察远离了番茄

在鱼背上歌唱或扭头看走下楼梯的面具
木瓜住在海边
苦瓜到处流浪
无论谁都绕到镜子后面去

萝卜们脱光衣服
表演魔术

保罗·克利刚洗过澡
在星期天的午后醒来
劳动的神圣权力靠在椅背上
红色向纵深旅行
人远远望着街心,墓地的三个箭头
影子发白

这是少有的风景

---

[1] 保罗·克利(Paul Klee,1879—1940),瑞士画家。

咒语咬住
剧场中心的苹果树
宇宙的高处落下灰尘
山岗在海面迅速壮大
鸟回到老家

保罗·克利从下午忙碌到黄昏
孤独的鼻孔沉寂下来
眼镜在铁门外的草丛中
随时准备着腐烂

1987.3.9

仿佛走在去大马士革的路上

仿佛走在去大马士革的路上
你是我的包裹，钟声放逐河流和云朵
你是甩不掉的、任性的一个女孩

围着篝火跳舞的尘埃
在落日城堡，我们的爱坠向死亡
穆罕默德的鹰垂下眼泪。

从这条颠簸的路上不住地回头
城市变成了火海，人人都在逃走
你看我怎样捉住一缕空气

我捉住你，活泼的小海妖，你不可能
挣脱，不管你多么会诱惑
一边说着谎一边又海誓山盟

大马士革在变小，风呼啸
山地的上空刺骨而热烈
一不小心就会撞上木星的花环

你将被带到宇宙的角落里，就像上星期
我们横穿了半个月亮的沙漠

呼救的风信子开满陌生的墓地

不要回头,不要落下,我的女孩
有灯塔的地方就有狂暴的海
有一条鳄鱼就有一个杀死鳄鱼的保罗

不要忧伤,不要哭泣,我的女孩
我们共同的保罗站在路边,扛着船桨
而恐惧有一张斯芬克斯的脸

1988

新超现实主义的同谋

坐在空中,我们的光脚就更亮了
烟头像子弹在头顶呼啸
我们是第一批到达的人
第二批还集结在路上
侠客提着凶手的面具

那里是我们的展览厅
死亡的秘密出口
飘荡苹果的香气
天才躺在毒品种植园里
在那里,我们的叫卖声压倒一切
我们的身体干巴巴

就这样,城市灰蒙蒙如火炭
一条街道烧死一名诗人
我们逃出医院就更疯了
谁是大师?谁是乞讨的手?
哪一首伟大的诗把我灌醉?

我们带着所罗门王的头盔
转眼又成了一群狒狒
为明日愁容收拾一身多余的卷毛

刀光返照在整个鼻梁
行走的机器人掉下一滴眼泪

家园死去不会再复活
少年奔走在监狱的墙下
我们就是想象中的大监狱
身体上的铁窗一旦推开
垃圾就哗啦啦飞满天空

1988.8.2

旺季

在旺季,我不分昼夜辛勤工作
其余的季节中我死去
穿梭于一个人和另一个人的心脏
每一朵花都将死去一回
每一种黑暗都将返回自身的光辉
这份差事由我来干到底

无人与我分担寂寞
当万念俱灰,火在远空燃烧
无人钟爱沉醉的芒果
看它蓄满夏天的泪水坠落
这期间地球的轻微震动
影响了一颗乳牙的成长

旺季在四季之外,停靠思想与作坊
我的天空大过这一个天空
那匆匆的、凝神的、诡秘的人
仿佛被收集在一本旧相册里
孤独的农夫把一只鸟埋葬
他是收集光芒的人
是卑微的小麦和大麦
种子的寓言比黄金更高贵

我的桌上那一层层纸的火焰
微风将我吹成它们的形状
文字是比坟墓靠得住的居所
我的灵魂是一只蜘蛛
在世界的隔壁吐故纳新
跳舞吧,你这黑精灵
露出你惊世骇俗的脚吧

当未完成的被扼杀在咽喉里
一个诗人卧轨的消息
在幸存者的心头放上一颗铅
最普遍的法则教育我
留下来,像一名耳聋的铁路工
看一节节灾难的车厢退去
看零星的翅膀拒绝着下沉

旺季里,多少人被幸福耽延
离死亡最近的对死亡最无知
他们是我周围的雾,睡在河床上的石头
我张开的嘴喑哑在呼喊的欲望中
我不能如此喑哑下去

1989

老虎

难以企及,一只铁笼外的老虎,
迈着轻盈的、无所谓的步伐,
这畜生向着整个宇宙低吼。

星际的重量压在它的眉骨,
想将它粉碎,但谁又能扑灭
它眼睛里喷出的火?

黄金条纹的闪电曾撕裂我们的梦,
记忆却从未将它的特征复原,
这不可挽回的损失让我们受苦。

是什么派遣厌烦到它的脑中,
野蛮的力从下颚向着四肢扩散,
心脏的闹钟随时等待着一次发作。

我们从未拥有一只真实的老虎,
在幻觉里,我们靠它的血活着。
难以企及,一只铁笼外的老虎。

         1989.12.31

写给查的猜谜诗

在比记忆更深的地方潜行，
被大海举起来，这些飞翔的刀
逃过了多少劫数？

探照灯。那些站立不动的，
那些成功偷渡的，
被扫射的桥梁和灯塔。
你的自由。

太平洋横在我们之间，
不提供给我比礁石更多的孤寂。
鱼腹宁静如漂流瓶。
我阅读一封寄不出的信，
像日子的受贿者。

我点数日子，
把它刻在墙上。
一条条鱼——
你的和我的暗号，
乖巧又狂热。

无人知道的我也不会知道。

凶手是否留胡子？
你是否刚出门？
但愤怒的天光熄灭之前，
我合十的手掌知道，
你已幸存。

1989.10.17 旧金山地震日

神圣罪人

晚霞焚烧着圣贤的亡灵书,
头露出头的山丘和一架断头台。
罪人说:"让我自己来结束这一切!"
这并非意味着他勇敢,相反,
他有着兔子的怯懦和耻辱。
当他走上一步,心在颤抖,
意念中的王座开始摇晃
——终于崩塌下来,
他一生建造的整个天堂顷刻瓦解。
而道具的绳索却货真价实,
要绞死他大脑剖面上的一只老虎,
要看个究竟:他内部的支撑物。
那里什么也没有,只有空虚,
连他的眼睛最后摄入的
也是写在大地上的古老箴言:
"风雨如晦,鸡鸣不已。"

1990

捍卫沉默

从滚铁环的孩子身上,我学习通灵术,
让日常生活的神秘彰显奇迹,
或许我终将通晓古往今来的伟大诗体。
倘若滚铁环也不被允许,
我会坐在孩子们中间,捍卫沉默。

1991.5.29

长笛吹奏者
——为莫扎特逝世二百周年而作

款步走进仲夏之夜,
秘密的指法轻轻召唤
莫扎特的亡灵。你,女祭司
来把昏昏欲睡的听众摇醒。

音乐的柱子撑起拱顶,
蜡烛在你体内讲述黑暗。
你年轻的呼吸
比精心策划的理智纯洁。

不要停下!激情迫使你
将气息不间断地吹入金属的器官。
在那死亡被延缓的时刻,
我们只顾倾听和追忆。

1991.5.21

辑二
巴黎：家书

我爱生活在陌生人中间

既不能排除鸟电波的干扰
也不能迫使一块石头成为听众
我跃居其上
成为自己的主宰

我该怎样向你描述欢乐？
急转直下的大冰
这是我在遗忘的边境的一次游历
没有喝下持盾巨人星的眼睛
披发独坐
我安然渡入它浩瀚无际的脸

保罗·策兰在塞纳河[1]

这是不可避免的失语：一个人，在外邦。啊！"冬天使我们温暖。"这不是不可能的仰视：一个人死后漂过塞纳河。

保罗·策兰畅饮塞纳，越喝越渴。他喝着黑暗，从局部到全部的黑暗；他喝掉最后一个词的词根。

最纯洁的最先赴死。放弃抵抗——你，光荣的逃兵，抛弃了集中营、早年、滑稽的纳粹；你也尽数把耻辱还给了犹太人，让他们继续流浪，挨打，寻求着拯救。

漂啊，从塞纳到约旦，从巴黎到耶路撒冷。保罗·策兰用眼睛喝，用他自己发明的喝法喝，一个人畅饮着来自天国和地狱的两条河。

他的眼睛睁开在我们的眼睛里。他说："当上帝叫我喝时。"

1992

---

[1] 保罗·策兰（Paul Celan, 1920—1970），德国诗人。

魔术师的房子

房子上面的房子。
我穿过下面的到达上面。
红色楼梯,屋顶海一般荡漾,
像数码被某种运算繁殖出来。
我进入其中的一间。
这里除了一柄剑在时间的酷刑下变钝,
其他一切都还未露面。
清晨,朦胧雾气漫过物体时魔咒般的抑扬格;
田野,休耕期的无拘无束和待修整状态。
一切都像数码一样,不多不少,
在被削减的视野里码在一起。
邀请我进入的并非魔术师一人。
他的隔壁,一只蜘蛛以死亡的加速度
努力工作着,它的理想是:
网住窗外那朵游移不定的云。
它发明的是一套隐身术原理:
从规定的游戏不断逃走,
不留下破绽,远远地"避开牧师们"。

1992

最初的诗和毁灭的诗

最初的诗是黑眼瞳的诗
是人在风中行走,水手划桨的动作
是岩石内部的海剩下的无垠

最初的诗在躯体张开的一瞬
看见城堡,瘦成叉子的人
鸟鸣深入黑夜的脑髓扩散悲哀

事物的疲倦也是英雄的疲倦
时间驾驭并行不悖的双行体
一把古琴飞向大海的屋顶

最初的诗是永不变化的诗
流放在记忆里,像大自然的河流
波动,永无假期;像贫穷的鼻子

触到了女神战袍上的香气
有一个邮递员懂得两种语言
不同的消息在同一个世界传送

随后出现的是毁灭的诗
玻璃塔和乌鸦的诗

天空的唱机找不到磁针

吸尘器在吸尘,心灵晦涩
当最初的诗朝未来的这边眺望
毁灭的诗像舌头失去了味觉

            1992

正午的邂逅

在呛人的阳光里停下脚步
突然,一个飞人落在山毛榉树上
悠然自得的平衡术被大海的磁场搅乱
——我是他冒险记录的偶然见证

岛屿,这些在时光中浣洗的
白昼的星辰,正午的漫游者
犹如闪光的额头沉思着一步棋
沙兰特河用多棱镜照着它们

或许他就是那棵想飞的山毛榉树的
一个梦,通过枝叶的摇篮回到大地
如果他曾经绽开也是在天空中
毕竟那降落伞是用幻象织成

看他身轻如燕地走向海滨大道
仿佛已从教训中脱胎换骨
那里一个少女正仰脸把他迎接
她的花园像荨麻阴影里的罗盘

"请问这个村庄叫什么名字?"
"永恒的恶魔之夜"

"这么说我误入了水妖的王国?"
"是的,我们等你来已等白了头"

隔着篱墙你一言我一语
海上的风暴在邂逅者头顶悄然聚集

1993

三十五岁自题小像

眉宇间透出白日梦者的柔和,
折射内心微妙的光束,
平静的目光落向一个地点。
颧骨略高,但鼻梁正直,
面颊的阴影燃烧着南方人的热情。

眼睛里有迷恋,也有疑问,
因见识过苦难而常含宽恕,
在美的面前,喜欢微微眯起。
额头不曾向权势低垂,
嘴角的线条随时愿意与人和解。

生命之树茂盛,秋天已临近,
风将把乡愁吹成落叶。
这张脸贴在手掌上能感觉它自己,
从镜中看着我时却变得陌生;
这张嘴化为尘土以前将把诗句沉吟。

1994.1

书简片段
——致长兄

我继续着日常性的出神,
我的体内仿佛有十二个水手在操桨,
但我看不见岸。
猫踩着柔软的步子,
它无意识的鼻子比夜更冰凉。
你白昼的巢穴是否仍是风雨飘摇?
我想着你的肾,你的宝藏,
它是否经得住又一轮台风的袭击?

今天,我预感到有你的信,
打开信箱前,我想你该猜得到
那是我的特洛伊木马,
果然,你没让我失望。
《养育时光》,厚厚的一叠,
油墨闻起来是橄榄的味道。
啊,今天我将快乐一整天!
我推着婴儿车穿街走巷,
在公园一角的长椅上坐下来。
读。在诗句的循环之流的花底听你的呼吸,
那呼吸伴着你在病床上的呻吟。
多奢侈!你那虚弱的肾养育的珍珠,
捧在我的手上,像渗出你

额头的汗滴一样闪亮。

孩子们在玩沙。一颗橡实——
不知哪个秋天扔下的漂流瓶,
从沙堆里被挖了出来。

中世纪博物馆

烛光昏暗，塔的内壁潮湿。
这些支架像马，曾经向天嘶鸣。
蒸馏瓶咝咝作响。
独角兽嗅着花园的泥土，
身披冷月的提花布。

一摞摞神秘抄本，
座钟在壁炉上方伸出舌头。
绿色的夜，窗开向闪电堆积成岛屿的海。
异想天开的额头，像狩猎归来的
末代国王发明的铡刀发着光。

要经历多少里程的跋涉才能来到此地？
它是糊墙纸上的装饰物，
还是在贵妇明媚的圆帐前
殷勤伺候的动物骑士？

独角兽，因爱而受伤的野兽，
走遍大地将你寻找。

冷冬与罂粟在你的床头开放，
仿佛一对相互仇视的姐妹

在垂暮之年走向了和解。
你越衰老就越痴迷,戴着卍字符,
透过窥孔追逐流星的残躯,
给贫血的月亮注射针剂。

水银在上升。
你从宽袖中取出试管,用它吹奏
不合群的冥王星的音调——
在独角兽高贵的角上,
一个痛苦的思想正在呻吟。

1994

夜航

言说何用？我追问而不求回答。
激情的水漏似乎只有魔鬼还在倾听。
子夜，我移灯就座，解缆声
如灾难的断冰的笛音从海底传来，
纤细，经久，与我的耳鸣此消彼长。
人，倘若时辰未到，请保有气息的珠宝
并翻身于梦之山，让面孔的蜂窝
淌出金黄色蜂蜜吧！
我的额头独自运行，忍受着催眠，
而鬼蜮的夜航仍将一如既往继续下去。
水手们看不见喋喋鸣叫着掠过黑暗的鹤，
它们太高傲，以至于无形，
以至要到地球的反面栖居。
虚无，你的荣耀多么大，你的月亮
进入我的身体时是残暴且温柔的。
墙，喑哑的舌头，无聊的拆字游戏中
失去听力的"耳"。大地在我身上
安放了多少死者？空白纸页的暗火
烧毁了多少记忆？我血液的肥料
将培植出一株怎样的隐花植物？
祈祷吧！沉沦吧！只有欲望单纯的
植物般的灵魂才能逸出真实的芳香。

日出如歌。一个卸下噩梦的身躯
伸展着,被光芒凿成理想的骷髅。

            1994

信天翁之死

呼吸阻断,但血液涌上头颅,
肉体掷出最后的哀鸣。俯冲,
向着诞生它的大海,翅膀的巨弓松开了,
爪——这刺破死亡的利器收紧。

1995.9.18

元素之歌

一、金

汞的喜悦,金的誓言,
墙头小月吐出紫色的火突。
门铃系着主与客,两种心跳,
巷陌曲折,通往一处幽居。

一去不返的术士,如黄鹤渺然,
术士之家,一派肃穆,兀立粉尘里。
你,袅娜在护壁板间的亲切的鬼魂,
请下来,请友善地拿下面具。

已然没有了秘密,我想哭,
我要投身于长庚星孤独的怀抱。
这门厅、回廊、井台、香椿树,
看不见的火候,一个死去的记号。

二、木

春天,允诺了万物的大地,
即使一具尸体也能枯荐复蘖[1],

---

[1] 枯荐复蘖,意为枯草长出新叶。

轻盈地开启绿色嘴唇。
那里一个亡命者在花园中游荡,
寻找着另一个,像一棵树
俯身,朝着另一棵的耳根吐气。
我们知道是风,但不知起于何处,
不是来自我们起伏的胸膛吧?
不是那天空的催促吧?
狮子放纵四肢,眯起困乏的眼睛,
意志和绿意就倒映在它的感觉中。

三、水

水声胜过一切说教。当我们临近泉水,
一个听觉的上帝便向我们亲授。
仿佛一个摸索着靠近黄昏的盲人
把世界置于耳膜,在他苦涩的
眼眶映照下,玫瑰已经长成。
最终我们听不见它,而它知道
我们的局限,一任我们继续下去,
听着,魂魄像一只蜻蜓
在揉碎的水面低飞,
寻找着降落点。而我们仍将
不可遏制地赞叹:水哉!水哉!

四、火

火,元素中的佼佼者,

事物内部纯粹的燃烧,

使空间膨胀的熵的舞蹈。

那不是一只向我们藏起翅膀的凤凰吗?

至今对于我们仍然陌生。

当我们想到老虎、钻石、镜子,

醉心于发现智者的颅骨,

以及那遗留下来的王冠,

而群星的火堆亘古不变地耗损着,

犹如心之密室中微弱的蜡烛

雕刻着黑暗的轮廓。

还有一种火,不可见地充满

我们,激起血液中夸父式的干渴。

在一座古代迷宫上空,

多少偶像在飞行中,

融化并且坠落。

五、土

山中的人,对于我们已然陌生,

井水照过他的脸,岩石感受过他的体温,

蟋蟀在床下歌吟过他的苦衷。

夜温柔地覆盖劳动的额头,

他欣喜又疲惫,坐在餐桌旁,

打着瞌睡。窗外菊花的淡香揉进灯光里，
猫头鹰的叫声被磁性的云朵吸收。

山中的人，就埋在山中，
在模糊的手势里度过一生，
在土中听一支击壤歌。

            1995

大爆炸

那是不久前发生的,
一百三十亿年前的今天。
像矿井瓦斯或厨房煤气咝咝作响。

等离子被抛出,
仿佛火山口抛出浓烟
与尘埃。

树选择了自己的伞形并懂得怎样摇晃。
冲击波持续抵达,减弱,
灵参与其中,运行在水面。

沙子晶亮而密集,无人知道是多少,
但二氧化矽就活动在里面。
潮水一遍遍冲刷,淘洗,

单调,没有目的,却充满了
启示。我们由碳和毫微秒组成,
来而复去,一如那潮水。

不久,奥德修斯号就出发了,
去寻找最初的光的地平线,

当宇宙气球膨胀,膨胀,朝向极限。

它注定回不来,
在最高倍数的天文望远镜里,
它将飞蛾般消失于欧米伽点。

而我们仍将在这里,学会
从小事做起,给母亲写信,
等待知更鸟衔来黑樱桃的种子。

灵魂的私人侦探

无常是神秘,但比无常更神秘的是
灵魂的私人侦探受雇于我们,
我们却从未与它谋面。
据说它有着非凡而冷峻的容貌,
像个身怀绝技的旅行家,
喜欢去往无人抵达的地方,
从事无人经历过的冒险。
灵魂的私人侦探不喜欢被束缚,
它要远离肉体,越远越好,
在只有一个顾客的异国小酒馆里
消磨光阴,比比画画像个哑巴,
小心翼翼地守着孤独。
十年、二十年过去了,
灵魂的私人侦探没有任何消息。
正当我们渐渐地将它遗忘,
某一天,邮差来敲门。
一封信:寄件人本身就是收件人。
熟悉的笔迹,熟悉的措辞,
但邮戳上的日期已无法辨认。

1995

无眠

住在街对面的无眠的人
如果你为一段往事辗转反侧
如果你恰巧也是一个异乡人
为今夜的无端不宁所搅扰
如果你听着海风——海很遥远
想象月光——月已落下
你熟悉的一切：家人、友情、地址
回忆中令人心旌摇荡的时刻
向你不辞而别。世界背叛了你
如一个不忠实的情人
因朝夕相处而充满你气息的
每一件小物，也都转过身去
甚至你自己也成了黑暗的同谋
正柔肠寸断地把你拧绞
你听着心跳——血在流动
观看手足——完好无损
如果你抬头望见了那颗星
一颗晨星，多么美丽，她在跳动
而很快她也会消逝
那么此时，请大大地打开窗口吧
这样我就能看见你并且祝福你

孩子,红鹿,水壶

孩子们在屋外的岩石上,
手举望远镜观察对山的树林。
如果红鹿再次出现了,
他们就会屏住呼吸,然后

大声叫嚷起来。我喜欢
鹿身上的一切:角、蹄子、花纹、警觉的耳轮。
在丹妮尔的叔叔家做客的这些日子里,
我也喜欢在厨房的餐桌上写诗,

品尝蒲公英的叶子,喝更多的水。
不时地,他们中的一个会跑进来,
递给我一根木棍,或把晒干的野花的细末
洒在我洁白的稿纸上。

夜里,山上有雪,我裹在毛毯中。
红鹿出现过的地方现在一颗星在漫游,
它大概渴了,像我一样变得沉默。
水壶独自唧唧歌唱。

多奇妙,身边的这只水壶,
浑然不觉间进入我的联想,

以它的方式参与我的写作,
随时满足我——孤独的欲望之渴。

明天,红鹿是不是会下山喝水?
孩子们睡前热烈地争论着。
而我划亮火柴,想起最初有一个锡匠,
打制了这只灰色曲柄的水壶。

接近：两只土拨鼠

一首诗加另一首诗是我的伎俩
———翟永明

落日瑟瑟的响动甚至不使它们惊恐，
刨着草根，没有悲愁侵入心脏，
没有终极的压迫。

你，土拨鼠眼中的怪客，
长出了小丑的犄角，
跌倒时，似井中的泰勒斯[1]，
头上响起色雷斯[2]姑娘的爆笑。

积雪在最后的高坡上，
供养着短暂的夏季。
它们的眼睛在小土丘后面升起，
逍遥、热烈，领受一切，
嚼着草根，从洞到洞，
没有流浪的必要。

---

1 泰勒斯（Thales，约公元前624年—公元前547年），古希腊思想家。
2 色雷斯，巴尔干半岛的地区名。

海拔之上是宇宙的寂静，

巨人族的夸父来了，

丈量落日与死亡的距离。

当谷底燃起万家灯火，土拨鼠不为所动，

意念专注于草根，直到甘甜涌出。

1996

火车站哀歌

指针攀越工业长虹的夜半,
站台上,月光的水银蠕动,
霜和玻璃撑起模糊不清的巨大拱顶;
远方晕眩如一声嘶喊,
嘶喊着一枚硬果——酸涩,难以品尝。
车厢的尽头是另一节车厢,
夜的那边还是夜,无数的夜。
我怎样从磁铁的星群认出一位天使?
你图宾根,你斯图加特,
告诉我,浪子在你的土地上有过多少?
不堪收拾的精神荒原,
起初结伴而行,接着零落、沉沦,
迅疾而突然地又相会于冥府。
我所到的地方没有天堂,
活着的人都在向死亡借贷。
又起风了,什么在坠落?
空旷的候车室里,行李笨重,哈欠连连,
一对假想恋人在表演接吻。

1996

反重量定律

那攀上我的把我扔向
一个不可能被接住的梦
表情怪异,细菌一样
穿上舞鞋的短语
在我的脸上哈气
我走在街上
巴黎的触须电击我
掉落在我身上的、无重量的
东西,即使加上痛苦
也是无重量的
我遇见一棵变成老虎的树
它吐出我,揽住我
我的脸不容争议地
迎向光的刀刃
我本身亦无重量
我被水晶里的风暴肢解
有如行云流水

题《拉丁语地区的两个火山喷口》

第一个观画者

寂静有一个不知边缘的中心
当别人都在甜蜜地酣睡
男像柱却在葡萄藤的波浪中醒着
维苏威一如预言中那样温顺
绝不会像斗兽场的狮子
突然向人们伸出爪子
改变生活原初的底蕴
如此多的喜剧在等着开幕
如此多的肉体在壁画上翻滚
有谁信天赐的欢乐将被收回

第二个观画者

引水渠那众多彩虹交错
塔楼高耸,有人在拨弄观象仪
又一批香料、丝绸刚刚运抵
交易全都用拉丁语进行
一个政要从浴室起身回家去
街道是空的,招牌引人发笑

他要绕过妓院去看看神庙
那里供奉着神灵和巫师
史诗般的工程令阿波罗满意
他向这丰饶的国土点头称许

第三个观画者

面包在烤炉上,贵妇在轿子中
小玩偶累了,假寐在鸡蛋旁
狗枕着爪子,做着狗的梦
钱袋是乞丐的护身符,而奴隶们
知道,有人戴珠宝就有人戴镣铐
世世代代安于对主子的侍奉
圣人已逝,草纸书[1]留了下来
韵文的花体字细密又工整
整座庞贝城都将拒绝被哀悼
除了那一天"没有什么会永恒"

---

1 草纸书,莎草纸手抄本。

城墙与落日
　　——给朱朱

在自己的土地上漫游是多么不同，
不必为了知识而考古。你和我
走在城墙下。东郊，一间凉亭，
几只鸟，分享了这个重逢的下午。

轩廊外的塔，怀抱箜篌的女人，
秦淮河的泊船隐入六朝的浮华。
从九十九间半房的一个窗口，
太阳的火焰苍白地驶过。

微雨、行人，我注视泥泞的街，
自行车流上空有燕子宛转的口技，
雾的红马轻踏屋顶的蓝瓦，
我沉吟用紫金命名了一座山的人。

湖，倒影波动的形态难以描述，
诗歌一样赤裸，接近于零。
对面的事物互为镜子，交谈的饮者，
伸手触摸的是滚烫的山河。

我用全部的感官呼吸二月，
我品尝南京就像品尝一枚橘子。

回来,风吹衣裳,在日暮的城墙下,
快步走向一树新雨的梅花。

        1997

不可见之物的血

1
全都在这里了
无始无终的沙子
搜集在瓶子里
贴上了标签
数吧,倒出来数
直到尸灰瓮也倒出
你的胎息

2
从边界这边
我寄出一个黑色空信封
它灌满我的呼吸
当你收到时
它将膨胀成绿气球

3
日子的飞刀手
脱下影子,一路追来
词与词格斗
在无声电影的胶片上

4
墓碑驶向黎明
我听见
某个逢场作戏的云中的角色
唱给塞壬的情歌

5
话已说完,你起身离去
留下沉默在我嘴里开花

6
可耻的嗜睡者
你在我的骨髓里潜泳还要多久?

7
伪君子更适合于咖啡馆气质的谈论
一只金刚鹦鹉抽着雪茄
吐出政治烟圈

8
白房子,在郊外
花园灌木的几何

你请我吃葡萄
你在精神病人中间笑容可掬
"太阳的男根,你好!"
那胖女人叫唤着:
"它喷射了,它喷射了!"

9
未登记在册的活尸体在我的梦里飞翔
飞向烟囱
一只乳罩掉下来
一只鞋子捎来
火山的焦煳味
我与恐惧一道幸存
呛醒在黑暗的浴池里
锁眼盯着我瞧

10
La Rochelle[1]
石头的弓,石头的船桅
白内障的窗玻璃上
一只苍蝇的两只前腿揉搓着
弹奏着大西洋

---
1 拉罗谢尔,法国西部城市。

11
唱机卡在黑色乐章的第二乐句上
你扯出胶带
你扯出盲肠

12
在巴士底广场等候的间歇
有人给我看一份调查问卷
问题之一：
"什么是在家的感觉？"
我指着一只恰巧落在街灯杆上的海鸥说：
"问它吧，
它比我更懂得平衡。"

13
死亡还没找到我
我暴走
从夜走到夜

14
好客的餐桌，杯盏叮当
我吃啊喝啊
我说笑，没有半点忧伤

我简直是个天使
随后我出去
醉倒在月亮的怀抱里

15
你,我的非洲兄弟
楼梯间之王
在一堆破烂上面敲打:
勺子、铁钉、锅、碎玻璃瓶、
水管、枕头、
一截塑料模特儿的腿……

人们耸耸肩走了过去
那沉闷如犀牛鼾声的音乐
让我陶醉

16
在失物招领处
我领回被隐形墨水改写过的记忆

17
街的尽头
冬天马戏团

载着结冰的太阳
那跳来跳去的思想
和儿童的尖叫
正奋力驶出
生命极圈

18
一片菩提叶
从发黄的书页里掉下
这漂洋过海的
旧爱的余香

19
灯蛾,我已不屑于它们盲目的趋光性
为了那添烦恼的守夜
我打开窗子,召唤更壮烈的流星

20
她站在楼梯的顶层
手臂上栖息着蜡烛的火焰
她从不下来
我幻美的姐妹
从不下来

21
我掰开
雪烘烤的黑面包
双手满是冬天的碎屑

22
绷紧的海岸线
纺进黑灰的云眼
一排浪打上来
刷洗油污中的死鸟
那小小脑袋灌进了太多
沉船的祝福
我在避风处听见自己的耳鸣

23
一面盲镜照着你
你获得苦痛的份额
从无限可分的剩余里
总是比一个少
更多

24
他们在张贴新的寻人广告

在留下异乡人足迹的
空旷的无地

25
乌鸦是否更仁慈的看守？
当一块烙铁
在我们的伤口上淬火

26
一座名叫"无辜者"的喷泉
几乎已枯萎的泪腺
仍在抽搐

深夜，一对死婴
从水池里爬上来
手拉手
奔向旋转木马桥

27
词语的地下森林
在诞生前的黑暗里

一只熬过泥盆纪的三叶虫

卸下冰碴面罩
小眼睛躲在头鞍下面
出来探路

28
食人花,又大又鲜艳
肥壮如带刺的子宫
看,有人逐臭而来

29
寂静的月台,空无一人
最后一班地铁呼啸而去
你看见自己
与那股狂欢之夜的风
仅一步之遥

30
骰子在轮盘上跳舞
裸女绕着钢管,撅起肥臀
你撤离防线
你这乡巴佬
输给了夜的灰烬

31
不可见之物的血哗哗响
流经我心脏的辖区
灌溉我
泅出苦海的骨头

32
我找到并揿下了按钮
我坠落梦中
爱丽丝,我的女巨人
带我穿越
最后的人造天堂

辑三
新加坡：采撷者之诗

伸向大海的栈桥

漂浮不定。对于大海蓝色的终极,
只不过延伸了一点儿。

像一个告别的手势,
一方丝帕,或一个吻,
对于命定的距离
只不过延伸了一点儿。
眺望大海的人,
为了眺望而眺望,
栈桥在他记忆中的形式
与鸟翅或星光相似。
船在开,影子就会
在他眼前不停飘落。

并非栈桥可以在岸上自足,
只不过漂浮使意义延伸了一点儿。

       1998.8.11

采撷者之诗

1
用山鹑的方言呼唤着跑出房子
蓝浆果里的声音我还能听见
雷达站,木轮车,童年的山冈
整个夏天我们都在寻找
坡地开阔而平缓,死者的瓮
半埋着。荒凉的词,仿佛涂上了蜜
我们的乐园向南倾斜,金丝雀飞来飞去
那时还没有特洛伊,我们总是躺着眺望
村庄,水杉高大,像《山海经》中的
有外乡来的筑路工留下的斧痕
"他闯祸,必不得其死",老人们说
而我们笑,躲在咒语中摇晃镜子

冬天拨着火炭,夏天就去后山
采撷,坐在树上等待父亲
廊桥消失了,仿佛被突降的暴雨卷走
这是既没有开始也没有结束的地方
人们只是绕着那几棵水杉树走
在历法中生活。狐狸尖叫,大雾
追着我们跑。长途车从海边爬上来
没有父亲,我们踢着小石子回家

夜里我梦遗了。哟,大捧的浆果

记得吗?那两个发亮的音节,
把我们变成蓝鬼。甚至风也变蓝了
野孩子唱道:"雷达兵,天上的雷达兵"
直到中秋的月亮升起,木轮车滑下去
浆果碎了,像伤口流出的血,仿佛为了
让我日后的手稿点染上那种蓝

2
蒙托格伊街。儿子惊呼:"Myrtille[1]"
新上市的浆果摆在货架上。恋人抱吻
晒成棕色的皮肤散发着海藻的气味
假期已结束。地中海留给了墓园守望人
我们避开沙滩营帐,为兽迹所吸引
迷失于山毛榉林中。我想去触摸
高地上的塞壬石,最终表明
那冲动是虚妄的,她或许死于雪崩
像树上的娃娃鱼。而传说活在舌尖

我们都喜欢这南部山区的夏季
村道垂直在门前,花荫遮住窗台
去湖边散步的人回来了

---
1 法语,意为蓝莓。

拿着新采的野菊。群峰渐次明亮
蓄水池含情脉脉，屋顶更柔和
倒影中的停云像洗衣妇回眸的样子
对山，牛铃丁丁。儿子蹲在灌木丛中
四岁之夏，不知道中文名字的来由
他吃 Myrtille 这个词，抬头看见
滑翔机像风筝，轻轻越过瀑布

我的头晕症消失了，字典带来
新的苦恼。我们元素中的土生长着
同样的植物，那些枝条本是为了
纪念死者。当我们带回的自制果浆
早餐时涂上乡村面包，我将用什么解释
乌饭与寒食，以及丧失的祭天之礼？
一种凝聚的寂静深入到这里
柔软、微热的泥土，款待着我
今天我们又去登山，但选择了另一条路

老人

在夏天孤独的山中喝茶,
在养老院走廊的椅子上,
移动棋子或药瓶,
闷热的下午仿佛比一生冗长。

计数时日如今已不太需要,
一种死亡,硬面包一样的死亡
难以下咽。某份通知书还摆在桌上
触手可及的地方。

接骨木已经二度开花了吗?
那朵云是否必定会飘过来,
为他们擦去额头的湿汗?
此处生命像岩石正悄悄风化。

眼睛里盈溢的不是泪水,
而是酸性的回忆,模糊的波动。
偶尔,一支沙哑的小调从院墙外经过,
那些木刻的脸尽都在凝神细听。

1998.8

十年之约

——给查建渝

糜烂,时髦,谣言四起
像波浪拍打城市的堤岸。这里那里
簇拥着最温良、最胆小的市民
当地点丙多了些神秘的读报人
那种胃肠不适,我们已经习惯
于是扮演电影中的地下党
低头坐进出租车中

去机场的道路笔直宽敞
意识到那也是通往动物园的方向
我中途下车,而你继续
佯装去看一只老虎
机翼掠过时举起手臂向你祝福
读报人又在地点乙出现
干得同我们一样漂亮

穿过记忆和忧伤的大海
现在,我们从不同的时差回来
老虎仍在动物园里走动
只是更加嗜睡,且有点老了
街上,人群涌向日暮的外滩

我习惯性地注意到，一张脸
在移动的报纸后面，临近地点甲

        1999

天花板之歌
　　——给剑平、嘉文

隔离地带，秋风紧了
动物园的腐臭气息在加剧
同一颗月亮下面你们找不到
昔日的伙伴，说：他已远行
于是你们悄悄做好了准备——
去那白茅生长的山岭

黄昏的池塘有着停尸房的沉寂
从铁门进来一个模具般的头颅
我沉默的每一个毛孔都知道
晚餐前将有更多的失踪者
活着，但加入了幽灵的行列
愿你们的新居宽敞舒适
鲜花把娇儿逗得笑声咯咯
有一张椅子总是为我而空着
空着，所以变成了未来的允诺

每天我都像一个天花板上的宿客
低吟着将死的苍蝇的挽歌
厚厚的墙壁那边，有人敲出一串
沉闷的暗号——用这种方式
我问候你们。书已收到

加点的词语串起了散逸的念珠:
丽娃河[1]上六月的夹竹桃

---

[1] 丽娃河,上海华东师范大学的校河。

闽江归客

1
打开腥膻的鸟笼,夏天!
从马尾到福州,翻飞着
鹭与鹇。更瘦的池塘
鱼不动,听着鸣蝉
花昏昏欲睡。你到底是谁
出现在阳台?山色如黛
我不认识你因此你就是
你看见的风景的一部分

2
少年将自己投入水中
事物之镜破碎,他划动手足
像在母体中那样
开端的浮沉把命运之重
交给流水,滔滔的逝水
我是他,但已然不是
逃过了姑母的监视
奋力游向危险的对岸。

3

江边酒店,我一人独酌
闽西老酒,注视一枚蛏
我发现,那小小形体玲珑如玉
像一个秀色可餐的蛟女
突然幻化并坐在对面
说她愿委身于一个陌生人的
思乡梦。执箸之际
我依稀听见海上的歌声

4

灿烂之极,内部的水晶
谁能说出石榴的秘密?
技艺源于匠心千重
宛如繁星密布夜空
人痴问,石榴怎样完成自身
抽象自身,花衣又脱在何方?
且慢触及,且相互看
我和你,偶然中的偶然

5

除了我们所在的世界,没有
第二个世界,如此诡谲
灯笼挂着一个朦胧之夜

门内,精巧的提线傀儡
让我们猜谜,夜的后面
是什么握着不可见?
一如雨丝将雨丝牵连
迷宫通向又一个迷宫

6
风暴的琴声位于仓山顶
你呀你,风暴的原因
当你弹琴,至少有一个人爱听
如果我不曾向萤火虫问路
如果狐狸不曾眺望江渚
如果错过的仅仅是错过
你芳名的音节不是这一种
一切本来会多么不同

7
相濡以沫的芸芸众生
风雨飘摇中短暂的避难所:
衣锦坊、凤凰池、旧米仓
一个地址铭刻一种感伤
借枝筑巢,恍惚不在场
斗转星移是什么推动?
九重葛花,九重葛花

向上的一点绿叫醒天空

8
诗,拾起被遗漏的关键
——钥匙、早年、痛的经验
属于内心隐秘的东西
永不令人失望的东西
诗和你,我想象的两翼
雾中津渡,两股对流的空气
世界在我的眼睛里睁开
灵魂出窍,飞越我自己

9
譬如雨之于霏霏,伞
这个词模拟了伞的形状
必得以在你头顶撑开
遮护才掌握在你手中
礯碡之镜才会假借
月亮的盈缺来解释内心:
为什么相同的事物
都分裂成相反的两半?

10

上游的水手驾驭轻舟
一闪而过,猫头鹰隔岸观火
出土的埙篪声声如鬼哭
那边,摇滚乐酒吧内
槌杵的快马紧锣密鼓
狂暴时代,怀着宿疾
喝酒的人呕吐出颓废
谁频频投掷,柔软的利器?

11

回家就是回到又一年
梦中梦,不可能的可能
就是爬树,逃学或者吹笛
方言鸟鸣,木屐留迹
寺钟响过黄昏的长街
心爱的燕子在我脸上倾斜
回家就是回到昨天
我等待你蓦然重现

12

星光漏尽,人起身辞别
看曙色压低满潮江水
汽笛拉响白塔与黑塔

悠悠的乾坤循环不已
白昼的后面又会有夜
这最近的分离已经是死亡
我回过头去看你
但那里只有空空如也

        1999

博登湖

众鸟之钥突破黑森林的锁
水光压迫视网膜。渡船驶向城堡
并没有谁从太阳的高度坠落下来
人们面无愧色,斜倚栏杆

这片水域由色彩构成,陌生而浩瀚
细细描画出小山和葡萄园村庄
袖子高高捋起的健壮的洗衣妇
站在正午波动的阴影中

一次即兴游历始于多年前的
一次出走。坎离[1]之家的浪子,自许的
帕西法尔[2],被奇迹的血放逐到
心跳像马达轰鸣的原始天空下面

眩晕的光景!鹿飞奔湖畔
浪花,瞬息的花,浸入我们的感官
远方仿佛一个招魂仪式

---

1 坎离,《周易》八卦中的两卦。坎者,陷也,象征水。离者,丽也,象征火。
2 帕西法尔,欧洲中世纪亚瑟王传奇中寻找圣杯的骑士之一。

半个神的荷尔德林[1]踏浪归来

眺望的人中哪一个是我?
谈谈桑社[2]、雩祭[3],或贤者的击壤歌[4]
房星南曜的农事诗时代
如今我们遁迹域外,形如野鹤

以山水为药,亦可刮骨洗心
彼何人哉!披发佯狂,奥渺不测
深藏起孤绝的辞乡剑和一双红木屐
伫立船头,俯身于潋滟碧波

满空皆火,湖心燃烧着七月
船在移动中击碎了过于明确的东西
诸如必然的遭遇,不死的陈词滥调
将一次横渡引向一生的慈航

1999

---

[1] 荷尔德林(Friedrich Hölderlin, 1770—1843),德国著名诗人,古典浪漫派诗歌的先驱。
[2] 桑社,古宋、郑之国祀典的场所。
[3] 雩祭,古代为求雨而举行的祭祀。
[4] 击壤歌,古逸诗。见沈德潜编《古诗源》。

多棱镜,巴黎(选章)

一

绿叶中有喷泉的眼泪循环
五月的街头画家,我欣赏他把明亮部分
处理成天使。它太高了所以你不能
叫它趴下;无性,因而徒具光辉
早晨的太阳是初生的婴孩
如果你赞叹那云的浓艳
雾的色情,就不必在天体中寻找
未来的祥瑞,过去的奇迹
你曾经滔滔不绝,如今为何喑哑?
水边的乡愁吹皱了月亮
风之谜响彻我记忆王国的幅员
陌生的事物犹如彩绘玻璃
镶嵌的技艺,半明半昧
这想象的神秘形态超越逻辑
和夸夸其谈。如果你听见枝头
嫩芽的呼唤,你就是春天
但天使仅属于命名的一种
羽翼拍动,地狱应声粉碎

二

对中介的需要产生了诗

在可见与不可见之间声音往返

像燕子迁徙。远方是什么？

早年的海岸——梦把它眺望

一间土屋——祖母从门里出来

这里是巴黎；这里，河上泊着游艇

我坐着，跟一个隐身人交谈

柱子，柱子，无限地增值

突然，那头颓陷入石头的沉默

远方的缺席者，此处的对面

该怎样从不增不减的奥义

从全仁全树的最高等级

去理解一串鸟鸣：瀑布的瞬间

千钧一发之际就看你怎样对待了

季节里太阳的回归携来种子

燕子仍然是去年的燕子

一朵带电的云将邂逅另一朵

游人朝翅膀划过的水面指点

三

观看或冥想，带着原始欲望

和所有人一样活在浑浊的世上

在乌托邦和死亡的阴影中

风车倾斜着。上方是塔，再上方：群星

但下面，皮卡尔的老鸨在拉客
你需要学会保持一段距离
看人们怎样行事，拒绝或逢场作戏
像那个用报纸裹一枝花的伪绅士
洗衣妇船，艺术家的圣地
这些台阶似乎通向一个秘密天体
孤独丈量我，厌倦的虚无
她舞蹈而来，踢踏尖叫
刀刃般裸露，像一只光芒四射的孔雀
她用最激烈的方式布道：
"胜任快乐，然后给予快乐"
这弗洛伊德的女信徒
像我一样，是短暂的、必死的
却无意间揭示了一条真理

1999

刺客

一个人,一条河
想到路途的遥远
他不能入眠
亡魂长发披散
独立廊前
一滴血将他唤醒

刺客的心,只有他知道
有多寂寞
这手指本可以
捻着胡须,抚弄琴弦
这嘴生来是为了
取悦美人

王在宫中数更漏
笙歌消歇处
一圈圈衰老的魅影
在他眼前飘
比剑更冷的星光
镌刻着窗上的冰凌
死亡遥不可及
河停止流动

看啊,那废除了自己的
那万里挑一的
把鞍辔换成了书卷
千年过去了
王已十分厌倦
不见英雄前来
取走他的头颅

刺客依旧走在路上
他永远到不了京城

伊金霍洛

梦境的边区那样遥不可及
渐渐抵达的仅是一日的尽头
两三棵树,一座雕像
入夜以前,死者的城门将关闭
马上的人继续前行
去接受一份万古的邀请
并为地平线洒下慷慨的眼泪
褐色的群山。鹰。使敌人胆战心惊的
成吉思汗的弓箭。睡着的鸣泉
这一切,有待被匆匆的一瞥再度发明
我身边的你,公主,膝头上放着
与草原一样神秘的蒙古秘史
将开口为我缓缓诵读
不是我,而是那个为使命召唤的
来自长春的人,与我不谋而合
入夜以前写下了
抵御流沙的这一行诗

2000

送克莉丝黛去北京

天高云淡,配合你的好心情
我想象未来的某一天
你从教室出来,去昆明湖荡舟
或者去山顶洞探究穴居人的秘密
走南闯北,经历了多少风雨
仍然是一个人,坐在拥挤的公共汽车上
阅读宫墙、槐花、风筝
尝试着寻觅早期传教士的行迹
穿上一件彩绣的旗袍
买回一卷魏碑拓本

布列塔尼的女儿,我见识过你
家乡的大海,惊涛骇浪下
一幢幢坚定的房屋,红色花岗岩
凸现出无畏性格

有一个秋天等着你,克莉丝黛
请深深地呼吸吧,因为不久
就会有沙尘扑面而来
一切都在变,北京已不再是
明朝的版本,或罗马教皇所期待的
天国的东土影像

通衢大道几乎超出人的尺度
连天使也无法治理的交通
越来越需要耐心的帮助
让我们玩一遍卜卦的游戏
"六五:悔亡,厥宗噬肤,
往何咎?"[1]

你看这热带的红蕨多么肥硕
极乐鸟花湿漉漉的肉冠多么振作
然而花开之后就是花落
带上你的杯子到窗边来吧
海湾的风会告诉我们,什么该遗忘
什么该保留。你再看注入杯中
这泊船的灯光,五颜六色的
辉映你脸颊的酡红

2000.9

---

[1] 语出《周易·暌》。

答问
——给费迎晓

1

所以,小姐,一旦我们问:"为什么?"
那延宕着的就变成了质疑。
它就像一柄剑在匣中鸣叫着,虽然
佩剑的人还没诞生。迄今为止
诗歌并未超越那尖锐的声音。

2

我们不过是流星。原初的
沉睡着,有待叩问,但岁月匆匆。
当一行文字迷失于雾中,我们身上的逝者
总会适时回来,愤怒地反驳,
或微笑着为我们指点迷津。

3

写作是一扇门,开向原野,
我们的进出也是太阳每天的升降,
有一种恍惚难以抵达。于是秋天走来,
涂抹体内的色彩,使它深化,
然后消隐,像火狐的一瞥。

4
这些是差异：过去意味着反复，
未来难以预测；面对着面的人，
陷入大洋的沉默。而风在躯体的边缘
卷曲。风摇着我们，像摇着帆，
不知不觉中完成了过渡。

5
所以我们必须警惕身份不明的，
长久失踪的东西，隶属于更大的传统，
在更远的地方移动，遮蔽在光线中——
真实，像一只准确无误的杯子，
被突然递到我们面前。

2001.1

诗话三章

一

身穿绸衣,怪癖的古人
在山水中寻找生命的颖悟
在日常的悲欢中寻找风雅
他们从短暂的事物知道
尘世的凄楚需要言辞的安慰
听从流水的劝告,跟随内心
四季轮转。诗,缘情而发
遇事而作,不超出情理
把哀怨化为适度的嘲讽
用言说触及不可言说者
理念完成于形式的尺度

二

韵府是记忆的旧花园
水在流,石头还是原来的石头
而沧浪的清与浊必有分矣
源头隐去,对我们说"不"
总还有一些可辨识的记号
散落于杂花掩蔽的秘密小径
像点点萤火,像河图洛书

为人间重现言辞之美
宴会散了,瓮中的蜜保存着
等待我们去取,树上的
童年,手摸到星星的耳坠

三
诗人清癯,诗歌必丰腴
风骨不露,而销魂今古
盈盈一握之间,伤逝者慨叹
两种事物的不朽:花与书
当镜子变暗,书写重复着
关于公共垃圾的现代概念
窗外遍吹腥膻,鬼夜哭
客枕之躯惊起,独步中庭
倘若词语僵硬的姿势不能打动
哪怕是一知半解的人
我们自身必须化作流体

有感于《周易》古歌的发现
——给孟明

一代又一代人思考过宇宙
这本书声称，它就是一个对应的宇宙
整个下午，喃喃念诵它纯朴的诗句
如同一个从地下醒来的陶俑
被面前的光亮吓得目瞪口呆
我感觉到每一个灼热的词
都像一块来自远古飞船的碎片
寂寂燃烧，没入深蓝的涡流

龙战于野；其血玄黄
象与数的同一只神秘罗盘，载着
来源的金、木、水、火、土
现在，在我宽大的桌面上显现
诗，每一行（正如韵府）都是真的
但音乐在卜辞中沉睡了千年
没有人知道，由于断章取义
占问者的未来更显得扑朔迷离

时光磨亮了一些明器般的事物
沣水以西，周人祭天的岐山
东渡的盟誓似乎仍在喧响
一次是修井，一次是婚媾

一次是君子于役[1],皆可入诗
而目光浑浊的学究们,千百年来
在颠倒的对卦里排列星辰
竟无一人走出命运嘲弄的迷宫?

---

1 语出《诗经》。

脉水歌
　　——重读《水经注》

一

大河在远方闪烁,犹如一道
来自北极的光。太阳的火舌下
羿的箭矢穿过云的旗幡
我移动,像《山海经》中的测量员
雁阵在蓝天书写一个"人"字
流水浣洗着林壑的耳朵
在我的衣襟前制造一个节日
飞瀑在悬崖绝壁激起回响
一条又一条河穿过我的躯体
帝国的通都和彩邑中有我的驿站
美人因迟暮而忧伤,醒来
衣袖空留昨夜的余温

二

岸草青葱尾随我远去
而生活本是在岸上筑居
为什么要告别笙歌和画舫
去追逐蛮荒的河流?
为什么骑驴,饮风,偃蹇而进
易水而弱水,塞北又江南?

漫长的行旅中,孤独已变成

心的刺客。夜半客船上

家书的炉炭烘暖我的双手

出发的日子,话别的时刻而今安在?

凶年又加上不驯服的河道

星星的沙粒壅塞平原

三

死亡的黑车满载兵器

烽火中的白马联翩西驰

曙光像密件的封泥那样火红

大河从贫瘠的远方流来

经过同战争一样贫瘠的土地

那么多人在饥饿中死去,又在死后梦见

玉蜀黍和干葡萄,梦见女人们云集

辨认着比冻土更僵硬的自己

手在空中掘墓:苍天!苍天!

她们像怀中婴儿般号叫

那么多等待化为乌有

好似干戈化为玉帛

四

倘若青鸟来过,曾栖于什么枝头?

搜寻到哪一座仙岛或灵山?

裸国残缺，怪物的想象同样残缺

龙族的血液里有它们的低语、尖叫

禹贡山水犹在，贡船早倾覆

接着走来了游侠、纵横家

和篡位者仪仗中大象雄武的步伐

这片土地的传说，河流的传说

像炭黑的赤壁被烧得滚烫

像石上的勒文，只有风能够识读

连同智者的浩叹都将化为乌有

影子交错，有谁曾抵达过彼岸？

五

渔父掉舟而去，桂棹轻点

抛下一支恼人的沧浪歌

多事之秋的高树用伤疤的瞎眼眺望

我走过的泥足深陷的路

一只蝴蝶被尘土压住有无缘由？

一只萤火虫为我照明是否出于自愿？

除了继续早已开始的仰观俯察

泾属渭汭的清浊，南北分流的盘根错节

现在岂不是——稽考的时候？

说，即便最终等于不说

像流星的湮灭，石棺的沉默

铁函[1]有朝一日会浮出深井

---

1 铁函，铁匣子。南宋诗人郑思肖著《心史》封于铁函，沉入苏州承天寺井中，明崇祯十一年发掘，后人称此书为《铁函心史》。

六

云梦泽上的云,销魂的雨

宋玉的解梦术满足了楚王的淫欲

清水之畔,筠篁[1]幽幽,名士们

佯醉,打铁,冶游于林中

与残暴的君主旷日周旋

我又怎能幸免侍者的头衔

在奉命陪同皇帝北巡的游历中

梦想山川风物和美的人心

从一部水之书发现了不得已之境

我岂不愿放浪于市廛[2]之间

像绿鹦鹉,在烛光的妩媚中

在玄奥中谈吐世道陵迟[3]

七

开创的人物,天之骄子

遥远如来自某个河外星系

沿着倾斜的日影下凡

敷土,祭奠高山,命名了百川

那传说中的水王不曾回来

广漠掩埋迟到者的悲哀

河与人喧响两种孤寂

---

1 筠篁,竹子。
2 市廛,交易的场所。
3 陵迟,衰败。

一如那不可能停下的箭矢
唯有脉跳还在呼应地下的涌动
惟有记忆汇合成更辽阔的河
当我踌躇着不知该向何处去
月亮那水的魂魄引导我

八

经典已朴散。在扭曲的时代
我只想做一个脉水人
在精心绘制的地图上规划
一度是桃花源,后来是战场的山水
渴时我就以朝圣者的姿势弯下腰
风像色情的山鬼挑逗我:
看啊,一切皆流。但重泉中
我的影子却如如不动
变化多端的四季的仪表
涨落的水文,让我徒然兴叹
并连连发问:什么样的钩沉索隐
可以追回遁走的暗流?

九

这是一则轶事,这是流亡
漫长的行脚从一个龙忌的字开始
只带上很少的必需品
走着,一个人不仅可以梦见

爵禄、荣名、弄臣的粉墨
可以洗手不干，可以懒卧
也可以远走高飞。没有禹迹
只有银色的丝涎那徐缓蜗牛的
逶迤哲学。对我而言，远
就是近；走，就是用交替的脚踵
量尽河流的长度、大地的幅员
停步倚杖，在峻湍边看云

十

急迫的鹰唳叫着，唳叫着，唳叫着
大地之鹰，展翅在云端
那声音像黄昏天空的一个亮点
神秘的河图的一个疑点
像从殷墟飞来的传奇的巫祝
戴着面具，发出预言：
"旅者，你该向视域外搜寻
在倾听中配制魔咒的力量
你也该知道源头的涓滴原本弱小
逆流而上即与那一脉活水为邻
梦想的颠踬也是生活的颠踬
当大河上的彩虹横绝远空"

无题

一枝连翘上
秋天痉挛
异乡人走过河岸
回忆使他变成一个灵魂
高大的秋天，一阵风
把落叶的黄金播入了阁楼
你的夜晚与某个天使搏斗
直到星星变成骨头

白昼之钟赤裸着
一个推迟的约会将你召唤
于是你穿过广场
松树之蓝环绕着古塔
鸟疾飞时
水上写着禁止：
石头的面容闪耀谦逊
痛苦的青苔
无语之舌

布洛涅林中 [1]

湖水的碎银,在巴黎的左侧
狮子座越过火圈。

松针,你的仪式道具。

风数你变灰的头发,
睫毛,影子凌乱的狂草。

桨,沉默之臂划过蓝天
兜着圈子,干燥像孩童挖掘的沙井
在梦之岸坍塌下来。
呼吸与风交替着
串串水珠的松林夕照
挂上隐居者的阁楼。

巨人头颅,无人授受
磨亮渡口的老钟远在西岱岛 [2],
敲打死囚的回忆。
火鹤,你渴慕的竖琴,

---

[1] 布洛涅,巴黎西部的森林公园,位于塞纳河畔讷伊和布洛涅-比扬古之间。
[2] 西岱岛,位于法国巴黎市中心塞纳河中的两座岛屿之一,也是巴黎城区的发源地,著名的巴黎圣母院和圣礼拜堂都位于该岛。

弹拨湖心。
彩虹里盲目的金子挥霍着
覆盆子的受难日,
林妖现身于马戏团,
爻辞之梅酸涩,
没有归期。

从水圈到水圈,
星的王冠被夜叉击碎。

铁塔下边走来一个亡命者。

辑四
布宜诺斯艾利斯:语言简史

契多街[1]

我闷闷不乐,感觉日子太缓慢,
时间的箭矢已生锈,充满了死亡的惰性。
最后的蓝花楹之花已飘落,燕子已返回。
我依旧坐在窗前,看见站牌下那位老妇人
(她每天都来,总是坐在同一个位置),
把黑头巾从头上取下,戴上,又取下。
我敲打键盘,停顿,继续敲打。
在这相似的动作里,我们重复着
同一种虚无,同一种琐碎,
仿佛两个溺水的人,朝向对方打手势,
直到水涌上来,淹没了头顶。

2001.12.28

---

1 契多街,布宜诺斯艾利斯的一条街。

一年将结束

一年将结束,但痛苦
卷土重来。入夜以后,成群的
拾垃圾者又鼹鼠般出动,
在契多街、隆卡街、帕瑞拉街……
而在楼房里,在阳台上,
他们又开始敲了,
抗议的锅碗瓢盆的雨点,
像我认识的某个老妇的泪痕。
狗悲哀地吠叫,然后不再作声。
我倚窗听着这奏鸣曲,
拾垃圾者抬起头来,也在听,
像采矿人听着矿井。

2001 年岁末

语言简史

既无名称亦无目光,从未有过酣畅淋漓的流动
——冰川宝蓝色的沉睡。寒冬严峻的刻刀
在那透明的棺椁表面继续跳着透明的死亡舞蹈。

语言抵达那片缓坡,在昨天的猛犸离去之后。
那边走来一个穿桦皮衣的人,他有着从地狱归来的
但丁一样苍白的面容。他缓缓吐出一个词——"花"。

2002

在拉普拉塔河渡船上对另一次旅行的回忆

这水域几乎不能称之为河,它宽得像忘川
一同渡河的人却不一定同归
赫拉克利特[1]感叹过,孔子感叹过
但不容争辩的河流说着它自己的箴言
因为河流乃是大地的舌头
太阳照见船舱里几个爬来爬去的婴儿
城市在一瞥中像一个模糊光斑的恐龙
船尾的人感觉要站得稳些
河流被用来命名逝者,人就只能在岸上
目送,踏歌,深情缅邈地祝福
我想起长江,曾经是界河的另一条河
在镇江和古瓜州之间,在意识的同样
开阔的水域,你和我谈着话
沉思着,试探着将要抵达的对岸
我们的嘴唇贴在了一起

2002

---

[1] 赫拉克利特(Heraclitus,公元前544年—公元前480年),古希腊哲学家,爱菲斯学派的代表人物。

阿根廷的忧郁
　　——寄长兄

一

被十几条狗牵着，拽着，
遛狗人像个醉汉，在博卡区。
受制于脚力，他不可能追随
那条大船跑过防波堤，
他和狗，是相似的光点，
一种尘埃，在街头公园飘浮。

经济危机在他的脑海中
形成更大的危机。但码头的萧条，
让他想起波浪中的祖先
拥挤着走下颤巍巍的舷梯，
今天却只有忧郁在测量他的身体。

毛茸茸的大狗牵在他手里，
而他的卷发也是毛茸茸的。
公寓里，一个老妇人被吸引到窗前，
美哉蓝花楹，这阿根廷之蓝，
迫使我停下来观看的裂变。

二

里科莱塔[1]公墓外,
南美橡胶树的根须隆起,
巨大的叶簇感觉着自己的膨胀。
即使你穿上小丑的花格衣裳,
穿梭于咖啡座之间,
也抹不去他们脸上的愁云。

我在死城的街道上散步,
镀金天使像高过屋顶,
湿漉漉的百子莲,
在本地发音中像蜜在舌尖微颤,
像惊异的瞎眼畅饮
太阳的欢欣。突然,一阵鸟鸣
不知是哪个死者的口信,
掠过我的头顶,
似乎在为另一个世界叫好。

同一棵树荫下,一边是
长眠的人,另一边是准备
背井离乡者。一个女人
在电话亭里流泪。我无所适从,
剥开金合欢树上落下的豆荚状的果实,

种子显露了出来,它们会不会

---

[1] 里科莱塔,布宜诺斯艾利斯街区名,亦指城内一同名公墓。

生根？我感到抱歉。今天是星期天。
"聪明人应该诞生",
他诞生了吗？

三
在抗议者的游行队伍中，
在无尽的街道的棋盘上，
在城南的小酒馆里，
在摸三张的露天牌桌旁，

一种预感不断重现着，仿佛
一只时钟里的猫头鹰说出了人言；
一个不知大难临头的醉汉，
高举着酒瓶跳进了斗牛场。

四
塞壬们在夜的街头巡游，
天亮以前歌声不会化作泡沫。
楔形广场，毗邻的窗下，有一条
失眠的小船悄悄漂离了的泊位。
界河对岸是另一个国家，
残月的犁耕耘着潘帕斯[1]，
野马群翘首北望——

---

[1] 潘帕斯平原，位于南美洲南部，又称潘帕斯草原。

夜风吹落了最后一片树叶!

小儿子在噩梦中惊醒。
从三个方向的远方
都没有消息传来。我推算着又一个
水下的日子:多久一次
以及怎样换气?像潜鸟,
或冻土带冰河下古怪的河狸?
夜空陌生,而季节颠倒,
习惯性地,无论在人烟稀少的湖区,
或安第斯山脉的旷野中,
我寻找过南十字星,
但终归徒劳。

五
冷僻的象形文字舞蹈着
挤入梦境:标上乌有乡版图的模糊地址。
一个刺客走近我的床头索取欠单,
说他感兴趣的并非我的性命——
雪上鹿迹去向不明。
当早班车鲁莽的轰鸣
震动每扇玻璃窗,
伴随我困倦额头的轻微摇晃,
布宜诺斯艾利斯城向黎明漂去。

2002.11.19

博尔赫斯对中国的想象

（一首仿作）

沙漏。秒。最细腻的皮肤的触觉。
玉如意。痒。你读过的书中
既无页码又无标点的秘籍。
太阳的章节。月亮的章节。海的章节。
哑剧的脚本。一首比枝形吊灯更美的
佚名作者的回文诗那循环的织锦。
宫女在奉献之夜对皇帝的规劝。
《尔雅》的一个章节或《易经》的一个对卦。
大禹的病足和铁鞋。滔滔江河。
徒步丈量世界的、作为 K 的原型的竖亥[1]。
（卡夫卡知道，他永远到不了极地）。
函谷关的两扇门，桌上摆着那
字迹未干的《道德经》的第一个版本。
空虚的富足。逝去的回归。
南海鲛人的一滴变成珍珠的眼泪。
李商隐写给某个女道士的无题诗。
爬上泰山的一只阿根廷蚂蚁。
鉴真号[2] 水手划船时整齐的动作。
一张利马窦在肇庆绘制的坤舆图[3]。

---

1 竖亥，《山海经》中的神话人物，中国上古神之一。
2 鉴真号，指鉴真和尚东渡扶桑的大帆船。
3 坤舆图，中国古代地图名称。

宇宙飞船上看到的万里长城。
象征天圆地方的一枚古钱币。
雪落在永乐大钟上发出的声音。
江南那东方威尼斯的富庶与颓废。
考古学家的镊子。木偶的提线。
《山海经》里闻所未闻的奇异动物。
兵马俑的沉默。丹客[1]的炉与剑。
我在日本的一块石碑前
用手掌阅读过的天朝的不朽铭文。
与布宜诺斯艾利斯的一个铜门环对应的
上海石库门上的另一个铜门环。

            2003

---

1 丹客，道教的炼丹术士。

给青年诗人的忠告

也许这就是诗：飞矢之影
反对飞矢的运动。遵循着
天方夜谭的逻辑，大象从容
穿过针眼；对于逝者，濠梁之鱼[1]
有它高出一筹的理解
它们倏尔游动，或止息静观

大师难觅，知音即使在世上
某个地方，此刻常缺席
例如，困惑的伯牙来到渤海岸边
竟然为无情的泡沫而销魂
于是，他弹奏的已不是原来的古琴
谁是那绝响？我们只需聆听

哲学对你如无助益，最好
直接去寻访秋天的山石
水落下去，石，坚定而充实
君子般坦荡。沿着溪涧缓缓攀登

---

[1] 濠梁之鱼，语出《庄子》。庄子和惠施游于濠梁，见白鲦鱼出游从容，因辩论是否知鱼之乐。

刘晨与阮肇[1],就是这样在山中
邂逅了如花似玉的仙女

2003

---
1 刘晨与阮肇,典故出自南宋刘义庆《幽明录》中阮刘二人采药遇仙女的故事。

贝尔格拉诺[1]

每月一次,乘火车去贝尔格拉诺,
两条街之间是我寂寞的中国。
坐在小站月台的长椅上,
看着铁轨两边的行人在栏杆外面,
等待火车从虎泉方向开来。
南美洲的太阳火辣辣的,
神龛里的圣母像面色苍白,
眼睛低垂(不看好人也不看坏人)。
失修的挂钟照旧停在8:45,
每月一次,提醒我
末日不过是某种事物的终结:
一个已经上路的坏消息;
一场堵住一切覆盖一切的雪;
一个带来终生悔恨的过错……
车门打开了,我感到说不出的满足,
因为每月一次,贝尔格拉诺
都充当一回我的中国,
用它的仁慈、懒散、循环的魔术。
而我的购物袋沉甸甸的,装满大米、
豆瓣酱、小葱和萝卜。

---

1 贝尔格拉诺,布宜诺斯艾利斯唐人街。

音乐

在连续听了一个礼拜贝多芬的三十二首全部钢琴奏鸣曲之后,我多少懂得了一个西方心灵的伟大。哥伦布歌剧院。褪色的天鹅绒帷幕半张着,镀金护栏上靠着狮头手杖,拂过狐皮围脖;两侧包厢里戴手套的女士们正透过望远镜相互捕捉。巴伦博伊姆[1]走下红垫子,坐到钢琴前,欠一欠身,目光触到普通观众席中某个向他挥手示意的犹太长老。从压抑的沉默到绝对寂静需要比光年更长的几秒钟。然后,他弹出第一行上行音阶。

---

1 丹尼尔·巴伦博伊姆(Daniel Barenboim, 1942—),阿根廷杰出音乐家。

仙人掌

刚刚抵达这个国家的首都时，
我就开始下意识地寻找某些彼此孤立，
对于我用可怜的简化汉字书写的诗歌
却未必排斥的本地象征。
沿海沙漠。广场的鲑鱼色或
印第安人种的大草原色。
土坯砌起的茅舍和金字塔。
钨。印加·卡尔西拉索的《秘鲁皇家述评》[1]。
一行流亡者巴列霍[2]的沉重诗句。
镶嵌着绿松石的铸金刀柄上的
奇穆族[3]宽脸神祇。等等。
早晨，冬雾笼罩的路面渗出柠檬汁一般
稀少的雨绩，我从旅馆对面的街角看见了
亭亭玉立的单株仙人掌；
下午，在 Huaca Pucllana[4] 废墟的豚鼠窝旁，
另一株相同的植物却蒙着考古挖掘现场的尘土。
直到走下叹息桥，它们成片出现在

---

[1] 印加·卡尔西拉索（Inca Garcilaso，1540—1616），秘鲁历史学家，《秘鲁皇家述评》是其历史著作。
[2] 巴列霍（César Vallejo，1892—1938），秘鲁诗人，著有《黑色骑手》《人类的诗篇》等。
[3] 奇穆族，秘鲁古民族，1450 年被印加人征服。
[4] 胡亚卡普拉纳遗址，位于利马市中心的秘鲁文化遗址，1984 年被发现。

向大海倾斜的河谷地带,多刺的椭圆体
吸引我自离别太平洋十个月之后,
第一次从美洲的角度观看那片无垠水域,
我才多少理解了罗伯·格里耶的怪癖。
他从世界各地运来那些肉与刺的矛盾几何体,
将它们与梦魇一道移植在花园里。

二十年后
——给老同学

岁月匆匆。我时常想,我们不过是
流水和转蓬,什么也挽留不住。
你,我的同窗,在如此漫长的沉默中,
是否发现所谓今天不过是一个
同时梦见过去和未来的梦?
孤独地走着人生的分岔小径,
忽然来到似曾相识的地方,
相互端详,却难以辨认,
当变化从眼角的纹理开始。

银杏树下,丽娃河边,爱情姗姗来迟。
寝室的灯光熄灭后夜谈的风筝
挂住了嫦娥,但那极端的美人
从未垂青于我们——
鞋匠的儿子、洗衣妇、农夫或
死刑犯的儿子、小学教师的女儿,
除了小小的怪癖,几乎没有什么差别,
穿着清一色旧军装和喇叭裤。
这就是我们——火热而淳朴。
弈棋的、跳舞的、害着相思病的,
周末在外滩,把怀旧的晚霞涂抹在
眼瞳深处;长而灰的拖轮像魔术师的

带子，后面是星与火在浮动。

沿着江堤，风吹起衣襟。几个逃课者
像几个先知，用天才的谵妄预言了一个时代，
于是二十年后，来到今天这个贵重的日子，
仿佛神秘的循环磁力作用于我们。
你，我的同窗，是否赞同
一切逝去的都会以某种方式回来，
譬如另一个初夜？另一场狂欢？
你心跳的节拍是否将要驳斥
毕达哥拉斯的理论，说不熄的火
是友谊、星星和我们？

为此我在布宜诺斯艾利斯
写下这首即兴诗，不是为了炫耀
我的手艺，而是为祝福你，我往昔的朋友，
向你询问关于活着的理由。
请伸出手来庆祝四十岁的青春，
请把苦难、记忆和爱同时纳入
你那因含笑的宽恕而变得博大的内心吧，
请在夜幕降临后一醉方休！

        2004.8.18 布宜诺斯艾利斯

印第安邦乔[1]

在库斯科[2],我学会嚼古柯叶,
骑马走几十里,只为了用手触摸
普卡普卡拉废墟[3]巨大的石阵。
在圣尼古拉教堂的椅子上坐着,
我凝视领完圣餐的人们庄重的脸,
那端在胸前的双手
仿佛捧着去往天堂的门票。
那一刻我发现自己不过是一个俗人,
我写作,但救不了自己。
在军械广场附近的小街,
不识字的人向代笔先生口述书信。
它们将寄往何方?收信人是否活着?
而街角上,一个老人吃着玉米棒,
安详如守在太阳柱旁的羊驼。
两个醉汉带着我瞎逛,
用几枚零钱请我喝 Chicha 酒[4]。
其中一个已烂醉,不知失踪在了哪里,
另一个与我倾诉衷肠,

---

1 印第安邦乔,一种南美印第安人的套头披肩。
2 库斯科,秘鲁印加古都。
3 普卡普卡拉废墟,库斯科城附近的著名印加遗址。
4 Chicha 酒,一种玉米酒。

告诉我在古巴的秘密生涯,
在烟纸上画下他的革命路线图。
我喝多了,找不到下榻的旅馆,
几个妇女跟着我,向我兜售邦乔。
那手织的麻布邦乔套在我的脖子上,
像中了魔,我感觉自己飞了起来。

           2004

补记：鲁瓦河口的夜

浩瀚的河面与夜色合拢，
星星两三粒，泄露了寒意。
潜水艇站潜伏着，这庞大的幽灵
裹在战争记忆的浓雾中。
码头斑驳，水面像龙鳞闪闪烁烁。

我从河对岸做客归来，带着
微醺的酒意和一个礼物——
一本关于一位作家自杀的书。
我来到阳台上吸烟，那另一个我
令我睡意全无，那另一个我的死……
下面，河口上，"小摩洛哥村"
像被大西洋巨流冲上来的鸟巢，
仿佛随时又要被卷走，覆盖。

码头上，几个人影在晃动，
解开的缆绳被甩向甲板，
逆着风，一艘渔船出海了。
他们将在海上摸着黑作业，
而我也将在睡眠里穿越
海底两万里的死亡，

直到他们返航,经过我的窗外,
带回海鸥和疲倦的晨星。

2004

客中作

1
感官的喀斯特,梦的钟乳石,
滴下心形的乡愁物质,一个汉字的热,
不可见的文火,烹煮你体内的暗流。

树精在马戏团的棚顶蹦跳。
爱笑的女房东,裙摆兜满新采的覆盆子,
请你品尝,夏天用纬度医治你。

2
红松豁亮,梯子倚向火山口,
卜居者守望恩贝多克勒的天堂。
光腚的小孩子玩着疏影。

百页窗外,赤裸的海立起来,
蒙面人躬身园中,蜜蜂向着宇宙迁徙;
甜渗出榨汁机,而墓地盛开迷迭香。

3
广场,你走向它。软化的沥青

刺激小酒馆和熙熙攘攘的方言,
弈棋的羊倌把皱巴巴的帽子捏在手上。

海远远望去像大地的补丁,
帆之蝶扑打的落日叫救世论眩晕,
献给赫尔墨斯的小石堆点燃了晚星。

4
离开酒桶和圆舞,身披狂欢者的
节日面粉,你触摸这废弃的灯塔。
游廊里,堤坝上,女人解开头发,

男人把酒杯高举。夜的那边,野有彷徨,
猎户座倾斜而来。突然,一支老歌,
隐约如雨的鞭子,抽打在你的脸上。

饮者观舞

月亮,打烊的邮局,总在对面,
寄不走的锈住了遗忘。托盘飞旋。
酒精击中你,并忍受你面孔上的省份,
在绿色光焰中扭动雾的腰身:
没有渡船,词语玩着水漂,掷出时,
一次比一次沉得更低。

你能吗?你能就不必坐在这里,
在不正经的起哄者中间,口吃如沙。
马蹄得得,地平线上走过堂·吉诃德先生
和他的仆人,远方遁入无名。
陷在手中,杯子的马蹄沉默着,
一个词腾空,同样会发出脆响。

酒说,现在还不到时候,现在首要的
是为脱衣舞喝彩,试着抱住尖叫的栏杆,
直到她褪去吊带袜鳞片,
芙蓉出水般,露出塞壬本色。
蜡制的海上,千年的螺壳吹起泡沫,
你搅动柠檬汁并兑着海水喝下。

不为影射而修饰,不为取宠而媚笑,

距离之技艺一如色情的手指,
与乡愁无关:它点戳你。夜继续着夜,
你继续留在起伏波动的狂欢中,
剥皮抽筋。然后出去,星星一样
攀登,从更高的地方投身火海。

断片与骊歌（选章）

愿有一席之地，留给远方来客。

——博纳富瓦

群山宁静的诱惑，
风景中的人物，
如在魏晋。枯坐着缅怀
酒、农事和诗歌，
眺望与地平线的
苦涩融为一体。
在深涧的鸟鸣之上，
乡村教堂的尖顶之上，
林薄初霏，异地的奇峰
像屏风罗列；高处是衰草
和去年冬天的雪。

攀登，像徒劳的夸父
追赶着季节的飞轮，
日落前不得不
原路返回。彩虹
这肉色的、云和光的
饕餮者，探入高脚杯。
湖上那隐身人的琴声
摧折了归鸿。葡萄，

消损的植物美人皮肤上的
薄霜,这些泪水在把谁迎?……

此处没有东篱,
耽留就是喝汤,
笔直且感激地坐在餐桌前。
说吧,长啸吧!
你刚清了清嗓子,
沙子立刻就打断了你。
引诗为占如何?
——同人于野,
驱车松软的河谷地带,
恍惚中又见到那座
古老而巨大的避难城。

***

那个被记忆压垮的生者是你,心情沉重。有雾腾起,红色的雾,在海上。护照像失去土地者的地契,被你徒然攥着。行李箱是你的独木舟,在人群中吱吱作响,额头冒着汗,嘴角尝到盐的滋味。铁丝网的黑灌木开花了,你这侥幸的人,认识其中的一朵。边界可疑的光晃在你脸上。一种对质。当手从小窗口收回,印戳那制度化的烫伤就烙在皮肤上。你要走了吗?你这像囚徒的人,行李箱里有几页残破的手稿,浮云的遗嘱,家传的护身符。

一个早年山谷尽头的驿亭,正幻变成远方的一座海市蜃楼。你记得那个戴红色袖标的少年,嘴唇上有茸毛,站在山冈上,把秘密朝圣的计划透露给了你(那年你九岁,你记下了那个地名)。在深圳,在被害者和未降世者之间,有一座桥,像电影中用于交换驱逐者的那类铁桥,你拖着行李箱走过了中线。

***

格尔尼达街55号,
湿冷的11月的早晨。
街灯张着醉鬼的眼睛,
窄窄的旋梯升上你的方舟。
巴黎,屋顶航行在
街道的深谷间。

静,从墙里渗出云外。
无边。圆的方程式。
抵达的磕磕碰碰。

你的新娘张开双臂迎接你,
整整一个季节,她等待,
她把霞彩拆了又织,
积蓄着眼泪。正当
你从上海乘火车去南方,
作为孽子去履行一场

沉默的告别。
长溪畔，桃花坞，
你的父母，魂魄交托
明媚的山水，越阡度陌，
做着来世的泥土之梦。
你用手挖，挖向死，
无数种死中的一种，
羞辱生者的死。
手捧罗盘的风水先生
摆渡而来，爰册授曰：
远行之子，宜避墓穴。
无论十年生死能否以纸杖衔接，
家葬的行列走过了霍童地界。

太迟了！正如多年后
你那些事过境迁的诗，
通过回忆去触碰：
庙宇、井圈、门廊，
为一个过往招魂，散逸的
已归永劫。没有饷宴，
远方不过是令人
头脑发胀的时差。
你闯入，你这携带着死亡
胎记的漂泊者。醒来，
镜子映出一个倒数的日期。

太阳昆虫懒洋洋地爬过

彩绘大花窗,你挽着新娘的
臂弯站在圣母院。管风琴
同时拉响一千声汽笛。
你知道抵达无非是更远的出发,
你对她说:
"你的美驱散了黑暗。"

***

在不同纬度的城市里走着,
在古生物化石前
辨认着鱼骨和叶脉,
把词语当作斯多葛柱廊派
或托钵僧的救生筏,
从悬崖上眺望
港口街巷和海上城堡,
参观博物馆,学习当地的语言,
当地的习俗,吃奶酪,
在生蚝上挤柠檬,
跟同一条街上的流浪汉闲聊,
穿过星期天的集市
去听非洲打击乐,研究
老式煤气灯、石碑上的字符,
比较花园独角兽与
皇宫饕餮兽,从不滑雪,
但喜欢"滑下去"这个词,

在旺多姆的丁香树下
读完半首猜谜诗,
反复默念的一句是:
井边的人最渴。
乘最后一班地铁回到
莱阿尔,或深夜走下
灯红酒绿的蒙马特,
向妓女问路,
结果在圣马丁门附近遇见
歌剧《帕西法尔》的演出广告——
戴面具的荒原人骑在马上。
现在,你来到你的位置
——词语漂泊物,
像海上的泡沫,
看对于你是奢侈的,
而摆弄天平更超出了期待。
觚:礼器,广口细腰。
孔子叹曰:觚哉!觚哉!
一群中国人,你的同族,
在乌麦尔街殴打一个醉汉,
你路过那里,
你记下了那张扭曲的脸。
你不是制器者,只知道
要推翻一条注释
是多么难。关于痛
你没有更好的回答,
它将会在意想不到时

自行消失。这是可能的:
雕像流出了泪水。

            ***

橡实、沙、旋转木马。
秋天仿佛一场缓慢的失血,
约会只好推迟到明年。
老人们玩着掷铁球游戏,
沉甸甸的铁球闪烁着,
如意时就撞开另一个,
像词语在表达的途中
排除了莽撞的东西、妨碍
接近诗意目标的东西。

儿子坐在高高的大象背上
向这边招手,开始吧!升起,
降下,升起,放牧着快乐
和眼睛里全世界的晕眩:
群象齐鸣……
音乐在旋转中升高,
变成一棵大树,
向心力和离心力
在同一个平面,
把流动图像映入童稚之心
——那里可能已长出

星际旅行的期盼。

稍远些,另一个你,
从红色山冈跑到月亮的高度,
带着自制的木轮车。
抓紧!滑下去。像那位
寓意大师诗中的喊叫,
从合拢的松枝的拱门,
沿着混合粪便气味
与野菊香的乡野小径,
心跳犹如来到悬崖边的獐子。
在那种加速度中
停下是不可能的,
最终是摔出,翻滚,
膝盖流血,冒险付出
慷慨的代价,然后再度
兴致勃勃地走向
山冈上的伙伴。

***

邂逅的彩虹升起在河的尽头,
给我的抵达添上传奇。
勒马利特号纵帆船来自
布列斯特。有鸟巢般的桅楼吗?
有人睡在上面吗?你

抬起头来看。河水暗红，
这里海鸥和乌鸦都比别处肥胖，
昵狎地叫，追逐在船尾。
接过缆绳的人犹豫着，
仿佛牵着一匹马。
战争已结束。如果你上岸来，
将走过旧潜水艇站庞大的魅影。
城市毁灭了，有什么东西
还在轰响。记忆，你说过，
像针尖。当黄昏，雾从海上
带来湿气，人们就向灯火走去，
冬天的灯火漂过河面，
留下刺骨的箴言。

这是卢瓦尔河。这也是
我涉过的和款待过我的
河中的河。不易觉察的落差中
水位的变化，被称为流动，
混合于血脉。听见了吗？
那同步流动，那掩埋在一本
古书中的水声，该怎样来
挖掘？当众人都在岸上。
船桨激起的水花，仿佛
十万只大雁腾空，
把心跳带到远方。
我不认识它的上游，
使那里的每一束光都变得神秘，

或许只有返回的水手，
能够一一指点给你，那些尖塔、
林子以及高卢人的老风车，
直到他们渺无人迹的山中。

我来时是十一月，
难得好天，风修剪的奥地利松树
变成浮云，在我眼前飘。
风还在不断蜕变：
三角旗、窗帘、女人的卷发。
眼睛酸涩。写作像雾中的旗语，
意义难辨。只有吊桥粗壮的手臂
举起，放下，运送着
又一天的落日。
"小摩洛哥村"像死寂的
最后的村庄，冒出地面。
汽笛捎来风暴的问候，
我沿着老防波堤走，波浪像一群
被驱赶的毛茸茸的狗，
要求你领它们回家。海，
唯一的、无垠的海，万顷乡愁，
似乎要溢出你眼眶里的星球。

*＊＊

流亡者的晚餐。

这个座位是空的,
一些人已上路。

未走的,将继续
几天来的话题:
关于巴别塔之旅。

那符咒的荆冠威力不减,
箍紧了又箍紧。

但丁的世界帝国
在它之后,也仅仅是一座
纸上建筑。

我们能否用语言拆除语言栅栏,
把网撒向沉没的伊尼斯岛,
或返回从前,
老死不相往来的村庄?

侍者为我打开这扇
紧闭的门。
后花园里,西番莲
裹着婴儿状的小黄果。

深秋发出它的准确读音——

Passiflore[1],
这词义的意外波浪

使满架的藤蔓同时汹涌,
拍打着回廊上空的群星。

落叶满庭,像基督
受难的血。

***

光线随变化的云影而波动,渡过的海,分泌着盐和精液的海,风平浪静时柔滑的绸缎,蜥蜴的绿火迟缓地升起。透过茂密的松枝,河的上游,最远的部落闪烁。那里有世代生活并死去的人在土里变干的血。我们向下走,海在视野里不断升高。垂直的河,牵动大海那水晶的风筝。带斑点的圆石,像正在孵化的恐龙蛋,在尖顶茅屋外围成圈。一个男人跨过低矮的灌木丛,把归来的独木舟拖出水面,他赤裸的背脊拱起。开朗的、爱尖叫的女人,在黏土中烤红木薯,坐在门前编着篮子。

你想起三十五年前在太禄家,
那催你入眠的机杼声和深夜屋顶上

1　法语,意为西番莲。

悲戚的叫魂。婚嫁的红绸、
　　疫病、天花板上响起的穿水靴的
　　忠字舞、让房东太禄闪了腰的
　　那只猪在院子里绝望地狂奔。
　　血，热的血，喷涌并凝固了。

反舌鸟向孔雀发出求爱的咕哝，螃蟹在黄昏的细沙和浅水上爬。海龟潜入深海。越过软体动物摇曳的环形礁，一种史前的寂静让晚霞更有层次、更稠密地涂着海岸的峭岩。这里，最轻微的叹息也会惊动灵蛇。孩子们在鲨鱼的牙齿间捉迷藏，扛着渔网回家去。

　　被放逐的时间像永远不能
　　返回故土的麻风病人，在悬崖下，
　　在星光的刺下，吐着泡沫。

***

打滑的路面抗议轮子的疯狂，飓风又加上大雪。这是世纪的最后一个圣诞节，布列塔尼的海面上，一艘开往埃及的油轮断成了两截。本地人说，比墨鱼的血更黑的撒旦的血，正一滴滴改变着大海，使沙滩变成水鸟的停尸房。年轻人杜拿哈从那边回来，撕下油污的手套，站在客厅诅咒着；他的两个姐姐躲在闺房里，酒杯迟迟未动。

白天你看见人们三三两两走过史前的神秘石阵，似乎从中吸收了新的勇气，人们看海，谈笑，有足够的耐心。海鸥的叫声令人愉快，使你相信在欧洲的这个滨海小城，睡前的椴花茶与亚特兰蒂斯帝国[1]的传说一样都将留存下去（孩子们总是百听不厌）。活下去，依赖的是自古形成的习惯。

九十岁的祖母坐着，肘搁在桌布上。窗外，海暗下来，比铅还重。光逃散，巨浪几乎压住屋顶。这时你想，诗，终不可取代面包，或在垃圾堆上面重建游乐场。油污只能一点点排除。你出去，走向一截旧城墙。

***

厨房里飘出火腿烘饼的香味，壁炉上方，莫迪里阿尼的红色裸女被织进挂毯。星期天，总有人站在运河的小拱桥上观看下面的水闸。乐声放大了一点。她解下围裙，你们共同的萨福走在橄榄林中。桌布让你想到从海上回来的欣伯达。家，你这笨拙的人，还不太习惯那久已生疏的仪式。乐声再次放大了一点。墙上那只中国古琴如剑匣，飘落桐木香。现在，她在你对面坐下来，你把鼻子伸向盘子，嗅着，像一只北极熊（从前在外祖母的餐桌上你也这么嗅着）。

---

[1] 亚特兰蒂斯位于欧洲到直布罗陀海峡附近的大西洋之岛，传说中它是拥有高度文明发展的古老大陆。最早的描述见于古希腊哲学家柏拉图的著作《对话录》里，据称其在公元前一万年被史前大洪水毁灭。

单词跳起舞蹈,腌菜和瓮变成苹果酒、餐刀、面颊上的吻。

***

可见的雪,离我们最近的景色,向下倾斜。旅者从不同的方向抵达,带着避孕套、地图和指南针。客栈外面的空地上,卸下的马车轮高大、结实,飞去来器像套马索在窗前低旋。婴儿在母亲怀里熟睡。百子莲塔状的花序中,黄蜂细密的茸毛像黄金,令观察者更深地沉溺于对微观宇宙的好奇。

骑马散步的人沿河岸返回,野牛(据说祖先来自西班牙)站在林边朝落日的方向张望着。

> 水晶在石头的内部凝聚——
> 牙齿的形状,一种修辞现象学
> 缺少的仅仅是主义的雄辩。

动物的眼睛里总是漫溢着使人想到乡愁的物质,不依赖于任何发出声音的语言。河,向下,清凉涨满我的肺,为了喝到水身体必须前倾着跪下来,从前在故乡的山中也是这么跪着。

> 倒影中一张晃动的脸注视你,
> 手浸入时被什么打碎了,

但你更强烈地感觉到了它。
记忆是另一种汹涌。

***

哥特式的厅堂,
防腐木板墙。
肖像中的人物好奇地
打量着你:"欢迎你,
客人。我们都已是逝者,
如果感到漂泊就想想我们这些
再也回不来的人吧。"
那天你在山上采撷
(并非练习辟谷或养生术),
带露的地丁
像精灵的舌头
舔着你的手。
村人请来的小乐队
正在庆祝新修教堂的落成,
白色建筑下面墓地敞亮。
你看见,背着木头的
丹尼尔的叔叔,
在铁栅栏外注视着风信子花,
他不久后的归宿
那纯粹的美
令他赏心悦目。你想起

托梦庄子的骷髅
所谈及的死之乐,
灵魂无须在某个边界等待,
或许是对乡愁的
更有效的治疗。
丹尼尔打电话来,
询问山居近况,你告诉她,
摘越橘用的箕子已找到,
登山鞋虽笨重但很合脚。
你睡得很香,
早晨听见门外铃声,
你知道,是山下
送面包的车子来了。

***

除了旅程的终点,
没有别的终点
把你等待。寒冷磨成
闪光的盐柱。
在火地岛,"五月一日"号邮船
给囚徒们带来了信、报纸、
嫩绿的蔬菜。正当他们
脚踩在沼泽地里,
艰难地开路,伐木丁丁。
大雁的影子像钢琴家的手指,

触摸到密林中流水的心跳,
直到冰覆盖住最后一个
雅干人[1]点燃的篝火。

世界尽头的这座章鱼形状的
监狱,牢牢地
嵌入岩石的肌肉。海,
被时间锈住的、未曾渡过的海,
侏罗纪的涂料填满
空贝壳的眼眶。——回家,
他可能想过,但每次
一这么想头发就会像脆弱的灯丝
痉挛起来。我漫步在廊道里,
细细观看。活板铅字、大帆船模型、
饭盒,以及囚服上的老虎条纹。
照片上的人物,那个罪人,
目光强有力得足以熔化兽笼。
当海象挤作一团,
昂着头,把月亮高高顶起,
我在他的眼睛里仿佛看见,
那条沉没的邮船还在缓缓抵近,
载着死亡国度的必需品,
被冰碴咬得伤痕累累。

信天翁从海面惊起,贴水低飞,

---

[1] 雅干人(Yacan),生活于火地岛的印第安人。

金属的拍击声一下一下，
巨大的翅膀连缀成一道
变幻的、雾状的浮桥，
要一直铺过
但丁回到地面的缝隙。

***

火车站，告别式。
钢与玻璃的圆拱，
撑起一个临时大舞台。
在一首诗的末尾你写道：
总是这样，像老式列车
淹没在排放出的雾气中，
令人怅惘地滑出月台。
尽管大地的琴与弓
拉出的曲调不全是为了
离去的人，同归者
却屈指可数。夜的话语之岛，
月亮漂回莽荒时代，
从头开始久远的叙述。

说吧，河流，
因克服羁绊而开辟出的
河床、峡谷、流域，
静静淌过乌托邦之境

（在韩滉的《文苑图》中，
他们沉浸于灿烂河汉，
倚着芬芳的松树，
仿佛为宇宙知音所驱策）。
如果他说：生命虚幻，
你就举一个例子，
告诉他：爱是真实的。
在燃烧中把光洒向对方的
星星的友谊，给你
更高的范例。这意味着，
书写可以继续也可以
停止，如果没有爱。

        2004.11.12 法国圣纳泽尔
        2005.5 北京改

辑五
北京：海棠花下

南疆札记

1. 莽荒的上帝读着沙漠的盲文。
2. 库车之夜,我收到火星发来的电报:这里曾有水的痕迹。
3. 死去的河流像扭曲的干尸,在天空的陈列馆里。
4. 语言,尘埃中的尘埃,在漫漫长路上飞扬。
5. 桨,立在船形棺前。沙海的水手,告诉我,你梦想着什么样的航行呢?
6. 商旅的驼队向东,向西,太阳烘烤着眉毛、胡子和馕。
7. 走。一旦躺下,你将冒着被风干的危险。
8. 从看不见的边界到边界,我细数那些消失了的国度。
9. 有一只蚕梦见过罗马,或相反:罗马梦见过一只蚕。
10. 胡杨林里的微风:丝与瓷的谐音。
11. 汉公主刘细君——乌孙国的萨福,嫁给了广袤无边的乡愁。
12. 在鸠摩罗什[1]的塑像下,我想到,也许是他晓畅的译文拯救了佛教。
13. 前往长安朝觐的三大士,走着与三博士相反的路径。
14. 设若汉武帝知道,汗血马是一种病马,《大宛列传》是否将被改写?
15. 壁画上的供养人有着细细的眉眼。

---

[1] 鸠摩罗什(344—413),生于龟兹的天竺僧人,魏晋时期最重要的佛教经论译者。

16. 佛塔——沙漠导航系统。

17. 多么大的遗憾！甘英[1]看见了海,却不知是哪个海。

18. 曼陀罗花瓣——一枚枚五铢[2]钱。

19. 玄奘讲经处的颓垣,升起月牙的耳轮。

20. 在坎儿井的黑暗迷宫里,流水寻找着明媚的葡萄园。

21. 迁徙——从梵语、吐火罗语[3]、回鹘语到汉语;逃过战火和千年的遗忘,《弥勒会见记》[4]像凤凰飞入我的视野。

22. 又一首《醉汉木卡姆[5]》:穆塞莱斯酒啊,冰冷的美人,快浇灭我对你的欲火吧！

23. 在喀什,沈苇对我说:有白杨树的地方就会有人烟。

2005 年岁末

---

1 甘英,东汉时人,生卒年不详。公元 97 年出使大秦(罗马帝国),曾到达波斯湾。
2 铢,汉代通行的一种以重量为货币单位的钱币。
3 吐火罗语,印欧语系中的一种独立语言,20 世纪初在新疆发现了这种语言的残卷。
4 《弥勒会见记》,成书于 8—10 世纪的佛教剧本,共二十七幕。
5 木卡姆,维吾尔语意为"古典音乐"。

西湖的晴和雨

塔中的舍利在夜晚放光,在白天
说着箴言:摆渡的人正打开一扇水之门!
曾经是禁苑的内湖泄漏了春色,
馈赠午后一场短暂的晴雨交合。

从波心吹来蚕与蛾的思乡曲,
太阳在云中吐丝,在水面织网,
我在你眼睛里垂钓红鲤鱼,
上岸来呀,快接住这个耀眼的词。

湖畔派坐着痛饮杯中的虹霓,
当风把堤上接踵的游人熏得睡着了,
苏小小就从墓里出来,唱一曲:
云破处,销魂雨过,犹恨晴晚。

黄昏把西湖磨成最耀眼的词,
丁香在你的发绺间窃窃私语,窃窃私语,
你眼睛里的鱼游入我的怀中,
我取出一封信,我升上孤山顶眺望你——

岸柳像那祝英台恢复了女儿身,
披一袭青烟的婚纱飘向夜,

你的莲藕心结在水上，你投胎为人，
领我穿过每一处秘闱重阁。

2006.5.7 巴黎

秦始皇陵的勘探

七十万奴隶的劳作算得了什么？
在骊山苍翠的一侧，他们挖，他们挖。
再重的巨石终比不上强秦的课税，
撬不起的是公孙龙的坚白论[1]。

痴迷的考古学家在烈日下勘探，
且为我们复现出，无论过去、现在，
或将来，各种暴君的癖好：
生前的奢华，死后无限的排场。

七十万奴隶，七十万堆尘土。
上蔡的李斯还能到东门猎几回兔子呢？
阿房宫固然华美，经不住一把火烧，
肉体的永存有赖于神赐的丹药。

空旷的帝国需要一些东西来填满，
需要坚贞的女人为远征的夫婿而哭泣，
六国亡魂该听得见长城轰然倾颓吧？
该知道，地狱之塔奇怪的倒锥体。

---
1 公孙龙（公元前320年—公元前250年），字子秉，赵国邯郸（今河北邯郸）人。战国时期名家的代表人物。其主要著作为《公孙龙子》，其中最重要的两篇是《白马论》和《坚白论》，提出了"白马非马"和"离坚白"等论点。

但这深处的死亡宫殿却是有力的矩形!
在令人窒息且揣摩不透的中心,
我猜测,祖龙仍将端坐在屏风前,
等待大臣徐福从遥远的渤海归来。

而机关密布中的弩矢是否仍能射杀?
肱着身,模拟百川和大海的水银,
柔软且安详地熟睡着,一朝醒来,
会不会吐出千年的蛇信啮咬我们?

隔着木然的兵马俑,在相邻的坑道里,
殉葬的宫女和匠人吸进了最后一口空气。
封墓的瞬间,透过逆光,他几乎看见
一只侧身的燕子逃过了灭顶之灾。

            2007.2

山居杂诗

草疯长,淹没门前小径,
佛手瓜的藤蔓从屋顶向地面
垂示一个昼寂的中心。
门廊下,你晾晒茶叶,炮制菠萝蜜酒,
我读书,给孩子打电话,给友人写信,
日子不起微澜,
仿佛已经过去了几个世纪。
一群翠鸟像河水漫过天空,
它们每个黄昏都来造访,好让我忘记
最近的哀伤。一个诗人的死讯
加重了我的湿疹与焦虑。
翠鸟中有一只,色彩迥异,
栖落最高枝,簇拥在众鸟中间。
它的歌声仿佛俄语的一串颤音,
而我听见的则是:"不如归去"。
夜一如既往的透明,
如蛾子的翅翼在窗玻璃上扑闪,
青蛙沉闷的合唱消寂于变暗的池塘。
交叉而过的两架飞机喷出的气,
在天空划出十字。
邻居用园中竹为我制了一只箫,

我将它对准口型,
我要吹一曲《永别离》。

                                                      2006

海棠花下
　　——悼吴小龙

如此,你松开自己,
像一个彻底的隐逸派,
走入人群中,成为其中一员,
好让爱你的认不出你。
笑傲间,越阡度陌,
眉眼的朝霞
映现西山。

多少细节充满
危险夏日的警示,
昔日皇家园宥中
孤独的散步者,枕边、灯下,
翻破一本诡奇的野史。
你漫长的寂寞调配着
遁迹的丹药与山水,
直到再一次,
鸡鸣不已。

直到海棠的黑枝丫,
抖落夕照刺绣的一个坟字。
你在温暖的雪被下醒来,
想起有一场花事尚未如期,

有一个少年中国,
隔着你爱恨交集的书生梦,
在月圆之前
只筮得明夷卦象。

诗赋的早年,
远在福州。
一个是你又不是你的人,
走过林则徐故宅
和乌山斜塔,
来到闽江边看白鹇,
脱口道:"凌波仙子招我魂",
那谶语的火能融冰,直抵花下
你死后的风流。

2007.12.19 北京

流水

别再说起钟表或温度计
向岩石榨取蜜或果汁
一朵谎花,开在太空
招惹众星羞恼
我的翘楚是满园枯山水
密封舱是另一座矿井
废墟是桥,通向词的深渊
松鼠捉住滚过来的一枚松塔
敲打侏罗纪的无边干燥
走在街上的数字做着集体的淫梦
风乍起,最后的蕨类上的霜
玲珑、细小,在边缘蠕动
死亡加速着反应堆
我要求一只桨,划过
这劫灰的流水账

2008.10.11

日全食

面具发出糖纸的声音。
流言,像希腊人掷出的铁饼,
飞旋,向着你的脸。

你吃下它的阴影,并将
偷走了不死药的妇人
揽入怀中。

复活的夜叉
在火山模槽里
浇铸王冠。

钻石一闪,羿的箭镞
坠入东井。缓缓地,
你将转换的灵机吐进她的内心。

天狗沉默着。
下面,恹恹的人的狂呼
牵引着钱江潮。

2009.7.23

口信

如果明天,黑色舰队从我的眼睛登陆
请在梦中为鸽子铺好床
并嘱咐它把眼睛转向东方

如果我化身犰狳,从侏罗纪赶来救火
请赞美用拨火棍款待它的人

如果我结结巴巴像石头
在寒冷的流放地睡去
你要灵巧如流水,用一支歌把我淹没

如果地球的聋耳朵在闪电的神经末梢
听不见情人们悲伤的低语
请对他们说:要么守着银河示众
要么像海蛞蝓,自由地卷曲

如果绿衣人按响了门铃,你要祝福他
数到七,我就从彩虹里面出来

2010

用诗占卜

用一个被弃绝的词
从凶手那里夺回的词
颠倒卦象
双手握住最下面那个爻
让它动起来

将要来临的,我们知道你

广袤的夜,广袤的无名
你,异乡者,陨石形状的人
站在初地的边沿,如在十地
那里一座艮山
刺破大气层
一粒精子前来做客
进入橐籥[1]

你召唤灯蛾,你召唤死者
你掘一口通向盐池的井
你敲打恐龙蛋,从中
取出一封来自玄武纪的信

---

1 橐籥,古代冶炼时用以鼓风吹火的装置。

读吧,读给我们听
我们知道
那结痂的祥瑞也是你的

用一个暗哑的词
盛放你的声音
把它拌入黏土,敷在伤口上
把星座的咒语也拌进去
眼睛的网所泄露的
我们收在心的葫芦里

你,异乡者,为我们占卜!

鲁迅还活着

鲁迅还活着。
黄昏临近,
他枯坐着面对悲哀的落日。

租界的一扇窗收容他,
无人不晓的侧影
如刻刀,深深地切割进夜晚。
他眉头深锁,咳嗽,
在雾霾的硝烟里气急败坏,
骂人骂得更凶了。
到处,到处都是犬儒。
先生,你听见的怪鸟
也出现在我的夜里,
如今我终于理解了你病态的愤怒。
闰土、阿 Q 和祥林嫂们
还是老样子,麻木于命运。
看客们袖着手,
只是更加兴高采烈了。

鲁迅还活着,
以不情愿的方式。

噫吁嚱！一个行者
——致昌耀

你听着太阳蜂窝的声息

入夜时河与潢汇合的声息

你手持圭状木棍，像一个竖亥或大章

行走在盐与硫磺的地区

流沙中露出古陶罐的双耳

吹着骷髅的空穴来风

海市蜃楼为你开启天街的拱门

魔鬼城的红舌头把恐惧许配给你

土碉堡里的隐形人邀你同饮

最小的湖仙要用双乳做你的暖炉

带你飞渡弱水，扶摇直上

虚空复虚空，尘埃和野马的远乡

有金冠辉耀于万仞山的巅顶

而下面，蝼蚁疾走于青冢之丘

某个死，美丽如一位判官

等你在歧路口，且备好了

来世的饷宴与笙歌

你走着，不为所动。当你迷路

《大荒西经》中的珍禽异兽就出来

做你贞吉的向导。销魂地，当你瞥见
一首诗——那稀薄空气里的暗香
渴意就化作一片梅子林

你贫穷，你消瘦如一杆竹
走着向上与向下的同一条命途
噫吁嚱！一个行者
噫吁嚱！鸿蒙的过客
今夕何夕？卡日曲的鸣泉朝你逶迤而来
你在月下洗着，赤条条地洗着
陶醉于雪水中骨骼的琤琤

2010.7

献给玛尼堆的小石片

拜谒了塔尔寺,湛蓝的清真寺
撒拉族人神秘的《古兰经》抄本
聆听了裕固族少女山雀般的歌喉
品尝了清水湾一只梨子的高原滋味
仍然有什么在云中召唤
为此我们去攀登一座小山
似乎这样就能追上季节飞转的法轮
小径穿越针叶林,领我们来到雪线附近
作为向众多山神的致敬
沿途有朝圣者堆起的小石堆
像秘仪中的暗号、荒野的圣火
相距邈远,彼此呼应着
从这条也许只有雪豹踏过的大坂爬上来
第一次,我俯瞰了澄澈的黄河
震慑于来自河源的传说。我没有忘记
把一枚小石片轻放在玛尼堆上面
连接始于一声清脆的声响
那石头和石头的碰撞,像陌生人
用方言进行的试探性交谈

2010.7

策兰的控诉

那遭遭的更强壮了
猫呜呜叫，抢夺着地盘
夜枭控制我们的睡眠
但不负责我们的生死
钉子般的眼神遥远又冷淡
我们睡，像猕猴桃和麝鼠
睡在多汁的囊里

雾飘来遮住我们
雪温暖而无垠
城市得了脑瘫症，记不清
称王的是乌鸦还是那黑脸的人
睡眠中我们把什么都忘干净
不指望垂老的钟表匠来怜悯
瞧，那从未造访过我们的
绕过栅栏，走向了别处

星星的火刑堆多浩大
堆在我们做爱的床上
相拥时我们看见海的圆盘里
所有指针都抑制不住乱抖
——从下面浮出殉情者的头

我们把心放在家国的天平上
狼却跑来叼走了
我们迎向收割者,我们已熟透
血的翅膀哗哗作响
而且能够趋光

      2010.12.14

日本海啸纪事

1

来了,看啊!它来了,这巨兽,
披挂着末日的盔甲,从海上来,
美得像一口举着自己的丧钟。
富士山在听。雪,憋着早春。
育婴箱里,探索宇宙的婴儿的嘴,
赞美着护士递过来的一个奶瓶。
樱花正在赶赴天上的盛会,
新的探测仪即将着陆水星。
全世界的望远镜一齐打开:
那儿,远方的此地,一面
反物质的镜子也在看。地球
轻轻一跃,如泪水汇入了劫波。

2

磁场错乱了,神意似乎也已错乱,
在性命攸关的万分之一秒,
在铺开松影的枯山水格局中,
在穿和服的美人指指点点的指尖。
你,东皇太乙,你,司春者啊!
是否万有引力竟成了魔鬼的帮凶?

是否神自身也屈服于一个定律?
一切都在坠落:指针、风向标、
汤勺、美人的发簪和假睫毛,
凡有重量的都想变成石头和刀子。
地球也在坠落,朝向你——全能者
暗中递来的一只无名称的援手。

          2011

祝英台近[1]

——为马僮的生日而作

野鸭三两只,牵动柳丝与春色
新燕投递来一个旧址
邀约我们在呢喃中留下
四月像绿度母的一个眼神
从我们走过的地方回过头来张望

岁月悠悠,我仍在桥的这一岸等你
而另一个你,手捧着山茱萸
正梦着江南某个郊外的青山一脉
像手牵手的年华
起伏又逶迤,深藏起
前世的足音与呼吸

一个你,用誓言的鸟翅搭桥
一个我,在京沈线上往返
一个你,陷在沙发里编织未来的彩虹
一个我,醉心于芬芳的辞气

一年中最明媚的一日
在那一连串叮当响的星光逝去之后

---

[1] 祝英台近,词牌名,又名"祝英台令""祝英台"等。

我仍然要问:那把宇宙
和短暂的我们贯穿起来的
是年年不变的流水吗?

2011.4.7

致米沃什

在你离去的这些年里,
世界依旧是老样子,
只是地球明显地变得不可捉摸,
灾难像惩罚,从天上、地下或海里
降临到人们的餐桌上。
我重读你的诗,你那被逐者的哲人口吻
像来自立陶宛的泉涌,不知疲倦,
那滋养过你的通过你又滋养了别人,
犹如太一生水,水生木,木生火。
而此刻正在燃烧的火,请告诉我
能否诞生一个新的更美的星球?
那里没有秘密警察和住在大脑里的检查制度,
没有破碎的城市[1],衰败的乡村,
放下干戈举起船桨的人,
手臂鼓胀着仁慈的力量和美,
游荡在心之山守护的幽谷中。

是的,所有的河流都该流向秩序与财富。
但在我的家乡,它们或变细,
或被拦腰截断,或耻辱地死去,

---

1 引自米沃什的诗。

像在沙漠中风干的蓝蜥蜴。
我不知道，如今你安眠的地方有没有
一条小溪流过，好让你平静地眺望，
好让顺流而下的人能在地图上找到
你赞美过的一片树叶、一颗石子，
或某个妇女脸上翘起的一圈眼睫毛。
你纯洁大度的言辞[1]让我相信
在你想象的至福国度里，没有一条河流会消逝。
其中最神奇的一条：阿尔菲河，
据说，消失在大海之后
又在另一块陆地上再度涌现。
你的声音也是这样，穿过暗夜，
在不可预料之岸激起了久久的回响。

    2011.6.29 米沃什百年诞辰前日

---

1 引自米沃什的诗。

在期待中

从伤口上滴落化脓的时间,
我们将固化,成为正长石。

有人从瞭望台上喊话,
说他要来,不可失去信心,

不可试探,更不可打听他的姓名,
捂住伤口,咬紧嘴唇,别出声。

有人将天文望远镜比作
一只警觉的、巨大的蜘蛛,

转动它的眼睛,为盲目的飞虫
设下陷阱,并警告我们:

别把生命浪费于仰望星空,
什么也别做,把灯关掉,

睡觉,保持正确的姿势。
当你醒来,那人会站在你的床前。

一个地名,我们从未听说的地名,
比北极星更远。你已置身其上。

东欧诗人

带着好奇,我凝视这些东欧诗人的脸,
钙质在他们的骨骼里闪闪发光。
他们在咖啡馆见面,像秘密接头,
在公寓里写诗,像在荷包蛋上撒盐。
酷爱旅行,但护照总是过期。
谈论树叶不被允许,就捡起小圆石,
摸它,揉搓它,直到掌心发烫。
真理已经死亡,但寓言仍不时地
借麻雀小小的咽喉透露给早晨。
墓园是可获公开的地址,
在那里读信最安全,而信
是流亡者用隐形墨水写的。
太多的记忆,但风将把它们储存在荒野,
太多的冬天,太阳只会让影子瑟瑟响。
只有去地狱旅行无需签证,
他们中有些已经先行并发回了电报:
"这里没有酷刑,伙食也很好,
一座向下的塔,且已安装了电梯,
与但丁的见闻完全不同。"
赫伯特在地下室里画好了旅行图,
并给每个景点插上小旗。
扛着玻璃十字架的毕林斯基走在前面,

波帕肩头上站着那只爱朗诵的黑鸟,
高个的索雷斯库,缩在蜗牛壳里,
赫鲁伯从国际免疫大会上匆匆赶来,
与艺术家们会合在最底层。
现在他们找到了安宁,不再需要反讽,
可敬的东欧诗人,谢谢你们
把这项专利让渡给了我们。

雪夜访戴

什么东西才不是怪癖?
像夜里突降的雪和一个念头?

我被惊醒,喝了酒,
左思[1]的诗让我想起了一位隐士。

解下缆绳已是四望皎然了,
剡县那边是否也是大雪压境?

而在山阴,夏天起我们就热烈地谈论玄学,
靠在几上,滔滔不绝,直至天亮。

剡溪啊,自从我第一次试你的水温,
你就流在自己清冽的节奏里,

但愿我的小船像梭子,在你的绸缎上
滑得轻快,和着你的节奏。

万籁中只有雪,簌簌落在千山,
很快,白眉毛就要把我打扮成一个渔父了。

---

1 左思(约250—305),字泰冲,西晋著名文学家,著有《三都赋》。

我的朋友，愿你今夜睡得安稳，
像心爱的书卷摊放着自己。

你若是梦见山中的仙女，
我岂不是那个与你并肩而行的人？

陇上熹微照积雪，放下桨的我，
为何像前朝的传令官那样兴高采烈呢？

你的茅屋外还没有行人，
我多想叩开你的门，大喊一声：

"安道，是子猷来了"。哦，除了雪意
我并没有什么好消息带来给你。

算了吧，我这就掉棹返回了。
我来看你，又何必用召唤惊扰你呢？

2011

术士郭璞

我预言了一个王朝的中兴与覆亡,
我也预言了自己的死:
在远离故乡的江南,
在阻止逆主起兵的当日正午
——毫无公正可言的正午,
我故意冒犯王敦,
为了顺从天命的巧安排。

我有五色笔,因而辞章华美,
我有术,不得已做了参军。
无人知道我的神机妙算里
藏有多少秘密的绝望。
瞧,闯祸的人来了,那冒失鬼,
那最不可测度的灾星,
毁了我的梦幻版图,帮助我
完成了一生中最伟大的错误。

2011

读卡夫卡

他们就用这种方式袭击

他们击碎花盆

声音清脆犹如来自

我们的脊椎

根,梦游一般裸露了

他们用烟头烫路牌广告

把你的帽子戴在稻草人头上

他们转动稻草人的假眼珠

让你看里面的世界

他们来,哼着小曲儿

像夜访的不速之客

给自己斟上酒,盯着你的卧室

也给你斟一杯

自酿的苦酒

他们掀书如掀器官

贴着它嗅,如嗅罂粟与性

他们宣布一个字有罪

那个字当场暴毙

他们把你塞进车里

一颗又聋又哑的星路过

快如倒车镜中

一个飞逝的光点

白桦林边
——纪念艾基

流向边境的河
流过罂粟与牛蒡的小站

积雪上面,梅花形蹄印闪着幽蓝
消失在沼泽地里

有一种高秋压低了浮云
一排排房屋贴着山谷

奶瓶碰撞的声音穿越白桦林
我知道那声音也来自你的童年

通过你,"瑟瑟响"变成
词语的教堂——不断地吹拂

而在我们这里,登上瞭望塔的人
肉眼只满足于可见性

似乎黄昏的酸涩
来自一捧捧刺五加

温暖的烟囱,下面是冻土

埋着——穷人的笑——不为人知

似乎恐惧从未袭击过一只熊胆
四处,生存散落如野菊的花粉

而我多渴望这时你走来,手里拿着
一束麦穗,咕哝着,像一位神农氏

返回林边的汽车坐在我们中间
白桦闪耀。是你吗?

天赐湖

陨石把天外的火带来,葬在这硕大的坑中,
接着出现了湖。他们告诉我,真理也曾是一团
盲目的火,坠落时会在周围留下灼痕。

之后有涟漪,之后没有见证者。

它可能来自火星或更远的天狼星
(最近我注意到那异常活跃的光在偏北方向不停地
　抛撒),
绕过北极圈,一路南来。不可测度的灯蛾,
在不可测度的刹那照亮了整个五花山。

稠密的红松林
倒立湖中。影子在挖掘;
亿兆松针织着地面的寂静。
一枚小石子在我的掌心微微发烫。

2011.10.7

秋声赋

绵延的小兴安岭,向着俄罗斯
秋天给我一小勺蜜,我把它放回林中
储存在矢车菊的记忆里——
小黑熊晃来晃去到底是为了什么?
垂云扯着秋天大马戏团的帐篷
锣鼓喧天,从五营一路奔向满洲里
静谧,你编织的网可以用来献祭
鄂伦春人,你的鱼皮衣被什么划破了?
老虎避开我们,返回松软的栖息地
虫鸣将给它加冕,在落日金黄的宫殿
树脂什么时候凝成蓝色的琥珀
在腐殖土中,在煤层的锥形塔里
直到在你的脖颈上微微闪光?
松针向左、向右旋转,鬼针草的钩子
潜伏着,等待着一个莽撞的影子
湖的留声机,向田鼠播放一支催眠曲
但它不想睡,它掰开甜苞谷,用尖牙啃着
像一位笨拙的、幸福的隐士
因为爱,蚂蚱的透明的内翅展开
如雨的拍击声打在细密的叶脉上
我驻足,我倾听,我越过蜘蛛的陷阱
林中,我要拜访的人还没有回来

沉重的松果悬在窗外,装饰着枝头
一个辽金时代的铜马坠子挂在门上
我摇响那铃铛,我惊扰了梅花鹿
并吓跑一群贪吃五味子果的夜鸫
你们,死去的蛾子,一封封夏天的来信
贴在玻璃灯罩上,似乎还在往里挤
无人能规劝那一声"啪"里的牺牲
"啪"的诀别,难道一点也不疼?

辑六
大理：内在的人

广陵散

我曾像神仙一样生活,在幽静的竹林。
我采药,钻研音乐与长生不老术,
我和朋友之间关于玄学的辩难,
影响了一个时代的风尚。

僭越者既不读书又不激赏手艺,
整日只在对手的噩梦里厮杀,
随时准备踩着人肉的台阶登基,
究竟是什么蛇蝎盘踞在他的心底?

没有人对行将就木的事物说不,
昔日英才与弄臣共舞,
就如同在石崇[1]的华宴上云集,
看美人被斩,以酒的名义。

我知道谣言将激怒一顶王冠,
我的辩护不为自己而是给了无辜者。
当着钟会[2]的面,我自打铁,又能怎样?
让告密的领赏去,祝他逃得比灾星还快。

---

1 石崇(249—300),字季伦,西晋时期文学家、大臣、富豪,鲁公二十四友的重要成员,大司马石苞第六子。
2 钟会(225—264),字士季,三国时期魏国军事家、书法家,太傅钟繇幼子、青州刺史钟毓之弟。

是的,我给吕巽[1]写了绝交书,

死后仍将继续绝交,

如果他终生没有一次悔悟的话;

至于山涛[2],我与他对道的理解有所不同。

太学生,请告诉阮籍[3],来生我还要与他一道

饮酒,长啸,醉了像一座玉山倾颓,

醒来将养生进行到底,谈玄时

叫二流人物中的一流也插不上嘴。

孙登[4],似乎为了验证你预言的精确,

我被带到东市。三千人的请愿

也改变不了他们杀戮的决心。

我,嵇康[5],惟欠一死,又能怎样?

洛水湛湛,日影中的乌鸦嚷嚷,

冒充《卜疑》的贞父[6],落满了城楼。

死亡那最美的、莫须有的音乐,

把我的骨头像花烛一样越烧越旺了。

---

1 吕巽,字长悌,与其弟吕安曾从嵇康游,因构陷其弟,嵇康遂与之绝交。
2 山涛,字巨源,三国至西晋时期名士、政治家,"竹林七贤"之一。早年孤贫,喜好老庄学说,与嵇康、阮籍等交游。
3 阮籍,三国时期魏国诗人,字嗣宗,竹林七贤之一,曾任步兵校尉,世称阮步兵。
4 孙登,字公和,隐士。曾预言嵇康"难乎免于今之世矣!"。事迹见《晋书·隐逸传》。
5 嵇康,字叔夜,三国时期曹魏思想家、音乐家、文学家,"竹林七贤"的精神领袖。
6 贞父,嵇康文《卜疑》中的人物,即"太史贞父"。

仰头饮尽——从刽子手手中接过的酒，
现在，就是现在，拿我的琴来！
我要弹奏一曲《广陵散》，
我要为千古之后制造一个绝响。

目送归鸿，手挥五弦，
今日我果真要远游南溟了吗？
袁孝尼[1]啊，昭氏[2]也不能让五音同时，
我没有教给你的，命运终将启示予你。

2012

---

1 袁准，字孝尼，陈郡扶乐人，魏国郎中令袁涣第四子。
2 昭氏，名文，善鼓琴。见《庄子·齐物论》。

弥留
——为纪念张枣而作

1
瓮形的孤舟,从
眼睛里的万水千山而来,
化成灰的心,你的归心,
在地球的那一面跳着。
痛,我们曾谈及的,
居住在里面。
痛也要烧成灰,宇宙灰。

来了,它也来了,
携带着脉冲的白矮星,
蓝光隐隐,箭步走来。
那脉冲像打了结的绳子,一圈套一圈,
从蟹状星云抛下。

别伸手去接!

当催眠师乌贼般逃之夭夭,
我请求你从惯性中转过身,
转向荷尔德林塔。

那边,在雪中,绕过黑森林,

你秘密的读书处;
绕过桥墩、塔影,一面
你曾给它戴上墨镜的盲墙;
更远些,绕过一座被绞杀的
钟,夕照的信号灯一闪,你就知道
归途已迫在眉睫之前。

你欠身,看了看周围:四大皆空。
镜子般满意于归还
千秋雪、万古愁。
我听见你,空白爷[1],
隐身于瓮中,
朝忙碌的波心打了个响指。

2
电话铃响起,像叫魂。
"喂,什么?是我死了?
不该这样让死亡猜谜?
更不该把痛苦浪费在乙醚中?"
你心想,原来弥留就是这样的啊,
原来太上感应[2]的那只
搬运惚恍的蝴蝶,
就是鼓盆而歌的庄子。

---

1 空白爷,语出张枣诗《一个诗人的正午》。
2 语出《大戴礼记·曾子立事篇》,"太上感应"即"天人感应"。

与醉一样,你戒掉的梦
开始朝你的床边集结,攀登你
呼吸的云梯——它孤悬于上面
那浩渺无极的兜率天[1]。那儿,
你在等待某个酋长模样的权威
从环状幽光中走出,
用不痛的月亮为你加冕。

多少销魂,多少恨,
你命名过,赞美过,
以诗歌的名义调遣过的远方,
为你搭起泪虹之门。
而窗前,痛的歌队偃旗息鼓,
空酒瓶般默立。
万里之外,有人在山中撞响了晨钟,
有人遇见你,艄公、职业咳嗽家,
边打招呼,边走向渡口。

此时一只鹤呼唤你摆渡到对岸:
"慢点,慢点,朝向这边"
她深情款款的一瞥让你认出她
——前来接你的
化脉冲为元气的巫阳[2],

---

1 兜率,欲界的第四天。释尊成佛以前,在兜率天,从天降生人间成佛。
2 巫阳,古代传说中的女巫。

骑着云的老虎。
你跟上她。

看啊,乳名般亲密的下界,
橘子洲头
正憋着另一场雪呢。

2012

观李嵩《骷髅幻戏图》[1]

什么是空的替身？细细的悬丝
牵动玩偶，如生死牵动你我
机关巧布，逢场设施的喜剧
业化的衣裳已脱去第几层？

被风月的障眼法捉住
转蓬般惊恐于催人的寒暑
不如那爬行中的、无畏的幼童
热情地伸手给狰狞的玩伴

大骷髅操纵着小骷髅
死亡一旦鸣金登场
肉体的巡回是否还有别的归途？
当五里墩伫立于五道地

坚韧的是叼住母乳的意志
吮吸着宇宙配方的无尽藏
而那发髻侧垂，敞怀的美少妇
面无羞涩，自在于旁观者的角色

---

[1] 李嵩（1166—1243），南宋画家，钱塘（今浙江杭州）人。

骨头表演家,逗趣的大师
是不以南面王乐为乐的那位吧?
左腿盘曲,右脚的拇趾轻扣节拍
幞头[1]华丽地弯向脑后

货郎担竟这样地满
油纸伞倒挂一个倾泻的江湖
艺人隐身画外,一如空消寂于空
画中的每一物皆乘着空船摆渡

2013.1.22

1　幞头,一种头巾。亦名"折上巾",一般认为起源于北周。

环洱海地区

低矮的丘陵,风车叶片巨大的纺轮织着彩虹
和倒影中一匹匹云的锦缎,
当它们停下——一个个受难十字架。
云中的神在天上演出浩大的哑剧,
人抬头,浩叹,渴望加入那演出。
倒扣在岸边的小船仿佛搁浅的海豚,
尽管这里只有水獭,它们的肉和石斛一起
在药材集市上被售卖。
曼陀罗花硕大而沉醉,低垂在老式庭院里,
农舍改装成的客栈住进了燕子
或某个大麻吸食者。
海鸥沦为乞丐接受着观光客的施舍。
婚礼长达一周,前来吃酒席的人抱着一只公鸡,
它的内脏在本主庙里将用于占卜。
众多神灵被信奉着,尤其是女性生殖神:
斗姆、女娲、翘腿的送子观音。
三月三,姑娘们约好去绕三灵[1],
与心上人幽会于林中。
来自印度的大黑天为何留在了喜洲[2]?无人知道。

---

1 绕三灵,白族传统节日。
2 喜洲,位于大理古城以北18公里处,东临洱海,西枕苍山,是重要的白族聚居区。

两尊牵马的彩绘人像仿佛准备出门远行，
去个旧开采锡矿。
绕湖旅行的车子正驶向三座塔和高山榕树的阴影。
绑在滑翔伞上练习飞行的人，几乎摆脱了万有引力。
而喧阗的下界，人忙碌着手中的活儿，
采石丁丁，或磨刀霍霍，
有人在工棚里耐心地打磨着大理石，
直到黑夜般的石心飞出他想要的云彩。
八月，妇女们坐在田野中央唱歌，庆祝稻花开放，
一只草鹭来回逡巡，像骄傲的媒婆。
几个狡童全身赤裸，去门外跳水，
像几条光滑的、逮不住的泥鳅。
瘦长的蓝桉——后车镜里一排排
醉倒的锡兵。一阵爆笑声中，
风刮走了搭车人的草帽。

2014

在纽约上州乡间的一次散步
　　——给李栋

枫叶的火正旺,要不了几天将转暗

熄灭于远近每一座小山迎来的雪

但这里的晚秋将比我逗留得更久些

它没有路要赶,不需要回到

一个火热而盲目的国度

我来,恰逢其时,带着东方人的狡黠和好奇

眼睛接受着晚霞好客的款待

且不必拘泥于这片风景的属性

天气把我的好心情放大三倍

一些房子位于山顶,占据更远的视野

另一些散落于林间和路旁

围着与习俗、等级相似的篱笆

私人领地的告示引导我学会绕着道走

我足够机敏,但鹿群更令我羡慕

后蹄轻轻一弹,自由游荡在整个地区

或就近研究人类古怪的习性

峡谷的大型音箱不播放音乐而播放静谧

天空如此繁忙,如百老汇的剧院

不时地,一架私人飞机的引擎

像一根点燃的火柴穿越客厅消失于厨房后门外

那里的小池塘顿时烟雾弥漫

草地连着灌木丛,乌鸦像一群女巫

翩然而降,并秘密交换了新的咒语
(这一次我毫不在意它们叫喊的次数)
天色渐暗,一闪一闪的车灯在询问:
你迷路了吗?需要载你一程吗?
谢谢,我只是走得稍远了一些
为了与摇晃在桌前的旧我拉开点距离
但大雁不存在诸如此类的想法
脖颈前伸着紧贴树梢飞过,翅膀仿佛
赛龙舟水手的桨叶,整齐地举落
它们扔下问候,我也礼貌地回应了它们
挥手间,那歌唱的人字形已穿过满月

       2014.11.12 根特

翻越高黎贡山

落日滚滚而来,浆果、蜜、火山灰
和岩浆中的落日,一口嗡嗡响的大钟。
飞鸟撞在上面,死者的魂魄撞在上面,
没有回声。风像某只手把头发拽起,
汽车在隧道的虫洞里蠕动,等待着进入第五维,
等待着被折叠的空间挤压成一只大闪蝶。
大地在脚下盘旋。火烧云点燃黑暗的森林
和一支支露出地面的哀牢王朝的箭簇,
那里只生长原始寂静、失传的口述史和贫瘠。
远处,火山脚下的城市,月亮的冰眼。
火焰沿着山脊和游隼的翅膀流淌而石英消融,
罗望子树、桫椤与山海棠的阴影交织在一起,
绿色汁液喷向干燥的天空。在山巅和
山巅之间,桥张开翅膀——
一座令人望而却步的金属吊桥,
蹦极者从上面纵身一跃,激起一片猿声。
而落日的声息更其恢宏,滚滚而来,
淹没群峰与廖若星辰的屋顶。
夕光穿过花岗岩击打在地衣上:
一次次沉默的引爆。而壁立的峡谷深处,
怒江奔涌而出,波浪如彗星的尾巴,
甩过江畔村庄和普米族牧羊人的脸,

一张张黑山羊的脸。车轮与地面
擦出火星如同在星际穿越。
腾冲小如蚕豆,在温泉里滚沸,
银河之光焊接起大地与夜晚。

2015

巴黎,恐怖之夜

看台上坐满准备喝彩的人,
球场灯光耀眼,亮如白昼。
外面,夜色像融化的巧克力,
沿莫里斯海报柱流入圣德尼的下水道。
最后的悬铃木叶子已落进深秋,
流浪汉在教堂和清真寺的门洞里,
舒服地躺着。马其顿防线横贯北方,
无人记得它确切的位置。

一些人走在回家的路上,
另一些刚刚抵达,一杯热饮之后
是无尽的街头狂欢的夜。
公园长椅上,旧报纸卷起一角:
上个月被抛上岸来的小男孩
安详地趴着,仿佛一架断线的风筝。
英格兰海底隧道已关闭,
难民船寻找着新的登陆点。

这里是巴塔克兰音乐厅[1],
摇滚在肾上腺掀动又一轮高潮。

---

[1] 巴塔克兰音乐厅,位于法国巴黎第十一区伏尔泰大道50号,2015年11月13日,此地发生恐怖袭击,死亡117人。

歌手被举在崇拜者的头顶如危楼上
那周游世界的领航员，
他的目光望向未来——那里没有区隔，
没有冰山和水母般不测的鱼雷，
那里是和平，奢华和宁静，
法兰西，游船睡在你河道的摇篮里。

没有水鬼爬上来，没有基列人
守在渡口，命令你说出"示播列"[1]。
谁相信圣战勇士憎恶音乐？
谁相信枪声，在与伏尔泰同名的大街
同时响起？星期五的脉冲突然乱了方寸。
如此多的绝望，如此多的惊魂
追上了露西，当她用阿拉伯语词典
向一扇窗发出呼救的信号，
为何词语沉默如尸体？

2016.2

---

1 《旧约·士师记》：基列人在约旦河岸阻截以法莲人时，命其念"示播列"（schibboleth），若念错音就杀头。"示播列"故衍生出暗语之意。

送别C.D.赖特

写作,一个向晚的词

在黑键盘上徘徊

也许耗尽余生,幸运之光

终会从密不透风的毛细血管筛下

照见你幽暗的心脏

那里,另一个姐妹星团已向西倾斜

那七颗亮星仿佛七堆篝火

还未燃尽

想象力这真理的皇后——

如波德莱尔所说,将为你戴上

阿肯色州的绿松石耳坠

并且对自己的杰作感到满意

乌鸫还会在你侍弄过的花园里唱歌

因为新雪使它高兴,因为那

虚构的皇后逃了

你躲在萱草丛中

为煮在偷渡客铁锅里的土豆

而高兴,当落日

又一次拜访了坡地上的

无名死者

2016.1.20

古代汉籍中的滇西部族

他们是"人"[1],其实更像动物,
隐蔽在瘴气升腾的崇山峻岭间。
分类学显然无法将他们一网打尽,
好在我们有万能的部首。想想这些
使人害怕的称谓吧:蝎子、母鸡、地羊鬼、
獏喇、大猓黑、小猓黑、数不胜数的猓猡……
总是像回避仇人似的回避着我们,
一旦外乡人走近,土獠的蛊虫
就流星般呼啸着亮尾射向你。
他们上演着更为古老的《变形记》,为了
不称臣;鸟音啾啾,也拒绝被翻译。
跣足鲸面,岩居野食,与猿猱相杂处,
出生,交媾,然后死亡,恪守着宇宙那
黑铁的律令:沉默,忍耐,沉默。
澜沧江、怒江从未使他们感叹逝者,
他们本身是河,旱季和雨季都流动在
帝国的目光够不着的地方。

2016.1.28

---

[1] 在明代学者杨开庵编写的《南诏野史·南诏各种蛮夷六十条》中,有"人"部族条目。

蕉城

军舰在海面上游弋,传教士早已被遣返,
教堂如老式照相机的暗盒,储存圣像的胶卷已曝光。
只有我们和野猫会被那空壳所吸引,
一如警报拉响时在墓穴般窒息的防空洞里,
会感觉莫名的兴奋。我无心去上学,
更不知道什么是受难,脑袋低垂着,
里面灌满了比葵花籽更密集的豪言壮语。
从父母的交谈中我预感到不祥的命运,
但我没有能力阻止他们从我身边被夺走的进程。
我感谢每一张规避的面孔,它们教会我世态炎凉,
而给游街示众的父亲送水的、目不识丁的老妇人,
教给我比恨更强大的是勇气和慈悲。
为此我感到羞愧,因为迄今我仍是肉眼凡胎,
比起那忧心忡忡的少年不具备任何优势。
他躲在流出小提琴声的阁楼里,
一些星光漏下来,落在逃离火坑的书页上。
他读着,写着,摆弄着不听话的工具,
他不会知道,诗这个秘教已将一个小十字架
压上他噩梦中大汗淋漓的身躯。

2016.3.22

车过田纳西

我知道那只坛子就在某一座旋转的山峰之巅，
它强烈的存在吸引着我的目光向高处搜寻。
突降的冰雹中，道路、山峦、可见的世界似乎
荡然无存，
但那乌有的器皿，无始无终，
不会被任何东西所打破。

2016.5

对一个地区的演绎（选章）

一、谢灵运在永嘉

且从康乐寻山水，何必东游入会稽。[1]

————李白

诗人们痴迷于玄言已经太久，而寂寞的
山水要等到你被谪出京城方才骈俪。
解缆的一瞬，预示着一个时代已经结束，
恩宠和奢华都留给了昨天，除了"将穷山海迹"，
还有什么比宿命更好的安排值得期许？

天生不是重整乾坤的材料，也没有第二条
淝水让你运筹帷幄，将氐人赶回北方。
正如满朝衣冠与器物的老朽令人厌倦，
诤讼又如何替代日暮时分的鸟鸣？放下书卷，
你唯一关心的是一双适合远足的木屐。

带着干粮，杖策于野径和渺无人迹的林陬，
驻足狭窄的一面只为了远眺开阔的另一面。
枕岩漱流之时还可以暗自庆幸，丘壑之美

---
[1] 此句出自李白《与谢良辅游泾川陵岩寺》。

才是使你血流加速的理由。每一次登临
都是对一笔修辞旧账的全新盘点;每一次

深入都证明,还有一首诗鲜嫩如牡蛎,
如果没有鲛人那超然的手指,谁能够
从浪尖上采拾?从红透的月亮召唤潮汐?
片片丹崖的石帆高挂,几乎要驶出瓯越,
曲柄笠漂浮如转蓬,从北雁荡直到南雁荡。

这一年,物事的消长和荣枯如此迅疾,
清晖虽好,不足以抵御无常,好在悔吝尚远。
严冬过后,枯槁的病体忽如"池塘生春草"。
太守,不,客儿——山水中藏着你最隐秘的身份,
是否诗运的关捩正转折于一场春梦?

2016.9.14

***

四、论山水诗

1
山川悠远,可望而不可迫于眉睫,
岩穴里幽卧的烟霞先生隐而不见。
瀑布挂在石壁上,它冷淡的抖动

偶尔分泌出一匹短命而摄魄的彩虹。
那又怎样？它迅速的枯萎不会引起
青苔的喟叹，它们只顾举着小小
绿火，到处庆祝泥炭部落或白齿
部落的胜利，刀片般飞翔的身影，
在深潭里倏忽一过，也不曾激起
波澜。那么，遁迹山水是否假的
桃花源的一个借口，装点着慵倦的
老虎？而诗人只需在书斋里空想？

2

"大自然喜欢躲起来"，山阴道上
邂逅一朵岩花的智者知道，除了
彼此照见的销魂没有别的销魂，
一如夏夜，两个月亮迎面撞在一起，
澄澈沿着天际的边缘散入三千世界。
林泉不择地而出，到处跳闪喜悦，
聆听的石头却先于远响抵达内部
硕大的宁静。孤怀独往的人调息，
望气，问道于背负大山的夜行者。
他不可见的动静牵系着空的鸟巢
和飘在山巅一顶水母般的白帐篷，
归源的冲动给他的心安上导航仪。

3

诗是本地的演绎。例如，在温州，

在山水诗的根据地,柳丝的婀娜
像无数搞怪的精灵披着乱发炫舞,
其亮度治愈了冬雪覆盖的瞎眼。
一个登楼的前驱恢复了元气,随口
吐出果核,匠心便不断催促绿意
裂变再裂变,直到千年后的我们
坐在这里,听着弦上咕哝的南戏,
品着香茗,恍惚回到了某个元年。
于是那舌尖上融化的远景萌蘗出
同样多的翳荟,同样繁盛的音节,
温州裹在花衣里,无处不是山水。

          2016.9.29

当万物都走向衰败

元,太初者,气之始也。

——《易纬·乾凿度》

银杏叶的小蒲扇折了扇骨,剑麻的利鞘弯曲,变钝。
金星更其坚硬,它冷淡的光逼视着尘世的真理并使
之黯淡如火山灰。
苍山降下第一场雪,而枯水中我闻到铁锈的气味,
小熊猫避开观测站,宁愿饿死于蓝水晶的雪床。
人类呢?采薇山阿,散发岩岫吗?应念而落的何止
是梅花。
抱着镍铁燃烧的橄榄陨石[1]将两具骷髅并成了一具,
非人间的,爱的模特儿,在新疆阜康戈壁滩完成了
尽善尽美的殉葬礼。
一亿年,是的,但在黑市里几只脏手正轮番在它的
切片上取暖;
天行健,是的,但今天我只筮得:履霜,坚冰至。
十二月,曼德施塔姆冻僵在二道河,龚自珍
逃出京城,一路南归,
口袋里揣着天大的秘密,并惊异于无人觉察的奇术
比隐形墨水更隐蔽。

---

[1] 指2000年陨落于中国新疆阜康市戈壁滩上的一块陨石。

"凤兮，凤兮"，还是刷屏吧，虚空里面又有虚空，
量子在宇宙中纠缠，

第八识[1]，阿赖耶识，派送到哪里？

而这狭长如乾令的缓坡地带还容得下我，采石丁丁，

匠人们在大理石上打磨黑夜，

为死于心碎者，死于莫须有者，也为死有余辜者。

傍晚收到微信：黑颈鹤正在飞往这里的途中，羽翅展开如簧风琴。

飞呀，当万物都走向衰败，我多想听见你的心跳。

2016.12.1

1　第八识，佛教术语，一般指阿赖耶识。阿赖耶识内涵深广，也称为如来藏、本际、涅槃等，所指称皆是不生不灭的第八识如来藏。

菌人国

> 有小人名曰菌人
> ——《山海经》

> 大地!看不见!
> ——里尔克

星星像城门上的铭文,发出模糊的寒光,
河水不再流动,误以为这里已是冥界,
在它的黑胶片上,菌人的微型器官闪亮。
昼夜不分的国度,每天都上演着日全食,
被催眠的烛龙闭上混沌的双眼,看遭到放逐。
地球陀螺突然闯出秋分点,挣脱了万有引力,
候鸟因磁场的错乱纷纷坠落冒泡的沼泽。
城市,我刚要攀登,你的腺体已经发炎;
泡桐树,你的阔叶浮肿如失眠者的脸。
老鼠在下水道里洗过澡,抖擞着歌喉,
爬上爬下,它为何痉挛?被谁诅咒?
大妈们一如既往热衷于唱老歌,跳广场舞,
茶馆里,玩牌的人在牌桌上筑起新的城墙。
谁布下迷魂阵?谁在咳嗽?谁生下菌人?
五米之外的远方比远更远,如果十个海子
在清河全都复活,该不该赞美口罩?
菌人大笑且忙碌,在你的世界观里掘地三尺,

一团肉状物被挖了出来,飘忽如水母,

没有五官,更没有心脏和大脑,无须呼吸。

吾不知其名,强名之曰:恐怖之灵。

它不像怪物格利翁,爱耍脾气,但容忍你乘骑,

它足不出户而神行无方,不发功而见血封喉,

像一个无性繁殖的包囊睡在多毛的拳头里,

它让彼此仇恨的族类喝下顶针格[1]的迷魂汤。

非典型的雾霾包围着非典型的生命圈,

那么多人蒙着脸赶路,去到冬天的马戏团里,

那么多人在排队输液,血管里汹涌黑葡萄糖浆。

活着,弃绝了呼吸,而诗歌弃绝了神圣的愤怒。

多奇妙!我舔了舔你脸上硝酸盐的舍利子,

它是甜的,和上少许泪水或可入药吧?

天地闭,贤人隐。飞机找不到跑道,灰溜溜

返身于九霄,什么样的惊恐在那里俯瞰?

大地,无以名状,屈伸着,蠕动着,呻吟着,

魔王的菌人加工厂在人的七窍里冒烟;

大地,哦,一口大锅,将残山剩水熬炼,

在我们之前,无数世代的灵魂像鼻血流了出来。

神说:不要叫我神。我,看客,眉头紧锁的

气象员,灰溜溜,将移民到对流层的外面。

2016.12.20

---

[1] 顶针格,一种修辞格。前句尾字为后句首字的蝉联句法。

双行体

1
被翻越的多雪的山脊,无名死者丰饶的夜航,
白桦树燃起多枝烛台,黎明洗劫了杜鹃花之梦。

2
在我的耳朵里撞钟,你发明的那截断众流的句子,
汩汩注入那消音器一般的葫芦。

3
一个发不出声音的东西的回声,像一个被脐带
绞杀的词,在寂静的子宫里,震耳欲聋。

4
火狐嗅着雪,兜更大的圈子,它不知道词语为何物,
但它知道雪的味道远胜过人类谎言的口香糖。

5
郊区破碎,如遭雷击。三个隐形人潜伏在洗足店门外。

突然,说辞笨拙——摄像头坏了。

6
在他展出的折磨肉体的器具中,避孕套(来自一个被强暴但无权生育的妇女),像一根海肠萎缩在塑料袋里。

7
将我的注意力从诗歌引开的东西戴着迷人的面具,而那面具的后面站着广阔的无名。

8
飞碟云,放着光。给它足够的信号,足够的友善,几个摇晃着巨颅的影子就会下来,为地球送来灵魂。

9
我看见那个墓道般的入口了,我猜想那里面将比但丁的地狱更黑更深,且已经人满为患。

10
这张床大如北方,带着我漂流,好客的鬼魂夜里出来,用哗哗的水声催我入眠,温暖如冰灯,我睡着了。

11
告诉我,在公众事件中始终不吭一声的同行,
是否从被抛弃的刍狗那里赎回了本属于你的悲悯?

12
恐惧——断头台的遗产,被沉默继承了下来,
我听说沉默家族人丁兴旺,日日以旧梦为粮食。

13
历史的循环诡计:我们会老去,僵尸却不会老。
看吧,半个世纪过去了,梼杌[1]竟然又活了过来!

14
误入一个不受欢迎的聚会,仿佛跻身于饕餮鬼的宴席,
我需要的是赶走苍蝇,我没有兴趣看它怎样作揖。

---

[1] 梼杌,怪兽,《左传·文公十八年》:"颛顼氏有不才子,不可教训,不知话言,……天下之民,谓之梼杌。"

15
越挖越深的物质主义的矿井只通向坍塌。
记忆黑如煤晶,光从你躯体的筛孔缓缓漏下。

16
黄昏,枯坐在山坡上。天空百科全书向我打开:
每一页都写着火烧云、火烧云、火烧云。

17
在9·11纪念馆的地下层,数千张死者的脸一齐凝视着我,
仿佛我们置身于同一条船的底舱,而上面是阳光和平静的生活。

18
不确定性:我们这个时代的魅影,
仿佛吹着水泡但从不露面的尼斯湖的怪物。

19
一个梦:被监测到的强梁者的基因图谱,在禁止公开的档案里,用密码和隐形墨水写成。

20
他已学会在水面上刻字,他已学会用石头的冷眼
瞧我们,这襁褓里的飞毛腿,几乎已追上了永恒。

21
一支桨,横过暗礁掀起的千层幕墙,在恶鲨的牙齿
和灯塔的眺望之间,摆渡太阳。

22
长久地忍受一个词的磨难,直到它把你吐出,
像一个硬核,在墓穴里发芽。

23
石头不会自行挪动,暴露出压在它下面的阴影,
除非找到另一块石头,另一个支点。

24
如果你见过两只鹡鸰在水上跳起的爱之舞,
你就理解了什么是宇宙的同步性。

25
那陨落的,借我们的手捧起,又从指缝间漏下,
这些曾经是星星的,眼泪一样滚烫的沙粒。

　　　　2016.5 佛蒙特　2016.10 大理

佛蒙特营地
　　——给张桃洲

残雪,在不远处的山间,细如瀑布。
这里也有火烧云,但比大理的要稍暗些。
溪水在工作室的窗外欢乐地流淌,
梳理着几只绿头鸭的白日梦。
艺术家们搬进搬出,埋头于紧张的工作,
而我更喜欢将漫长的午后用于散步,
穿过廊桥走到溪流湍急处。钓鱼人
歪戴着帽子。几块大石头。一群戏水的男孩。
松鼠从不读诗但精通腹语术。
今天,知更鸟的叫声听起来像"没有真相,
只有一个青年绝望的呼喊"。
我默念一个陌生人的名字,他的死,
还有随之而来的任何无辜者的死。
我的焦虑出自本能,我想你懂得。
越过小镇公墓,一个老人平静地眺望着,
仿佛坐在怀斯画中的门廊下,已经入定。
他必有一个归宿,不像惶恐的我们。
来此一周了才听说我住的那间是鬼屋,
一只黑猫守在门口,要和我做朋友。
这张别人睡过的大床,现在摊着书、电脑
和林中带回的几片北美慈姑叶(或许能避邪)。
夜里醒来我就念莲花生大士心咒,

直到画眉鸟再次把我唤醒。对了,除了坏消息,
并非什么都被一场反扑的雪堵在了路上,
倘若你也看到溪畔的覆盆子刺藤上悄悄开放的
一蓬蓬白花,以及粉红的樱桃花,你将高兴。
昨天我又去了拐角那家小书店,你要的
巴克斯特的书已从惠灵顿的码头运出,
再过十天就将抵达中转站芝加哥了。

2016.5　2017.2

通往冶山的路
　　——给张文质

鼓山熏着炙热的海风，

旗山隐逸不出，

榕树遮蔽着屏山和一些显要建筑，

而于山和乌山镇在塔下，

备受蝉鸣和游人的折磨。

唯有冶山，低低悬在城市上空，

像一架废弃的断头台，

选择了遗忘。

我们朝它走去又折返，

每一条街道都将我们领向一堵墙。

影子仿佛悖谬的真理

给双脚打上了死结。

那想象的断头台的箴言如此惊悚：

死路一条，直到善恶不再颠倒。

只有偶然所见提醒着我们，

有什么比退回原地透一口气

更荒唐，更畅快的事？

一个刚洗过澡的女人，

将脏水泼到门外。一对祖孙

谈论着末日。而城里的每一座山

都离我们而去，叹息

像打出的一个水漂,
瞬间就是黑夜。

        2017.2.28

赫拉克利特谈灵魂

我听说有十种以上的学说试图论证
它的存在,但都止于神秘,不可知。
一定是逻各斯使你断定,每一物都充满了灵魂。
你的感叹却自相矛盾:走尽世间每一条路,
也找不到它的边界。那么它是否藏在大气
或暗物质里?在我们爱恨交织的易朽的体内
哪里是它的位置?倘若它像蜘蛛,
在那网状结构的中心,哪里有疼痛
它就在哪里出现,那么意识又是什么?
抑或它仅仅等同于混沌的无意识,
为权力意志和原始欲望所支配?
它有形状和重量吗?当你说"灵魂
在地狱里嗅着"时,我发现你动用了隐喻。
在这里,我们接近了问题的本质:
如何言说不可言说者?一如嗅着地狱
而不被地狱的恶臭熏倒。但那鼻子
不该是你单向度地安在灵魂上的器官,
因为在对应宇宙里,在时间的皱褶中,
尤其在如今这个颠倒的时代,恰恰是地狱
在到处嗅着我们身上死亡的气味。
是的,"灵魂的根源是那么深!"我重复着
你的感叹,并不知道在你停下的地方,

用什么去探测它的深度。倘若生命诞生于它
又以它为归宿,并且欢乐是它的属性,
那么你赞美的一团活火将与它合一,
为何痛苦总是更持久,更有力地存在?
它燃烧着,除了毁灭什么也不要。
告诉我,伟大的隐居者,身上涂满牛粪的
预言家,当水肿病使你受苦,你是否
用哑谜呼唤过逻各斯那统治一切的药剂师,
吸干你体内的洪水,并按照你的意愿,
使灵魂纯净、干燥,如无人到过的沙漠?

          2017.3.6

阮籍来信

不彻底是我的护身符,因为我厌烦。
瞧我每天与之周旋的都是什么样的物类?
剑,不祥的宝贝,倚在天外,就让它倚着吧。
谁若比我更矛盾,谁就配得上与我对刺。
君子远庖厨?可我最喜欢的地方是厨房。

我吃着,喝着,苟活着,时不时玩着
佯醉的把戏,抱住酒这个人间最美的尤物。
我好色,但觊觎邻人的美妇让我齿寒。
虱子愿意待在我的裤中就让它待着好了,
我的躯壳不也一样,曳尾在泞溺的世界里。

小东西总是让我着迷,何况嵇康死后
宇宙自身也在迅速缩小。从桑树飞向榆树,
鹦雀的羽翼又短又笨拙,却已量尽生死。
我爱庄周,但黄鹄飞得太高,不适合于我,
在这个逼仄的时代,我的形象就是尺蠖。

虚弱,失眠,哭穷途而返的岂止我一人?
别再相信那些关于风度的传言了!我憋得很,
只想在野外独自待着,解小便,透一口气。
从苏门山归来,孙登的长啸萦回在耳际,

我大概成不了仙，把自己埋进诗里却难说。

也请你别再提什么五石散的妙用吧！
昨夜，我梦见与一只猩红的长臂猿搏斗，
我输了，冒汗，被压得喘不过气。吉乎？凶乎？[1]
果然他又来了，那虚伪的同行，佞幸的侦探。
我只能收拾起坏心情，将青白眼转动。

2017.3.11

1　见阮籍《搏赤猿帖》。

观音菩萨诞日的云

我们站在屋顶。于是方圆
一百二十里的风景便雀跃着,
围拢而来,将我们观摩。

各路菩萨化身成一千个本地匠人,
不,一万个。叮叮咚咚,各司其职。
鸟儿们倾巢而出,调试树的音箱。

樱花冬眠醒来,撕开玻璃罩;
种属混杂的高山杜鹃吸足了雪奶,
抱成团,兰与蕨被挤得透不过气来。

雾沿着山脊,争先恐后地攀登,
仿佛去赶庙会;长吻松鼠藏起了隐仙路。
背草人下山来,望见自己的村落,

也望见了洱海。一条大游轮
正在波浪的碎片上缝纫光,
而电力风车则在对岸山头上纺纱。

起初是一条几乎看不见的细线,
被抽出来,抛向空中,在风中抖动,

上色，在太阳的七彩染缸里。

装修工在附近的屋顶上撅起屁股忙碌；
香客们熙攘着把观音堂变成了烤烟房。
节日已使人人血液上涌，所以

顾不上抬头看天。当钟声响起，
紫外线突然变出戏法，光年外有人在拨弄
我们的星球。飞天开始入场了。

云，从我们的眼睛逸出，播放电影，
一个曼陀罗绕着天心缓缓地旋转，绽放。
信者和不信者都惊呆了，为那瞬间显灵。

2017.3.24

内在的人

光,盲如瞎子,
直刺我们的器官。
灵魂在曝光前被恐惧绑架了,
这奴隶,蹲在喑哑的身体的
某个栅栏后面。

船从雾中驶来,没有艄公。

我们的肋骨
撑起一座座人字形监狱,
与星空接壤。
摇撼渐渐弱了下去——
结石,在胆囊里
亮如珍珠,已被痛苦养成。

摇撼!摇撼!
他要出去,回到
冥界大记忆:一个非辖区。
这怪客,假借的我。
复活节岛上的星光之刺
撬开被锁住的,剔除了
多肉的和不洁的

吸盘。

像深海采珠人回到
消了磁的海面,
指南针再也不来
扫描他的夜。
我们,回声采集者,
听见了第二次死亡。

                                2017.3.30

摘录一位父亲的留言

超度含冤的,陪伴将死的。
帮助他呼吸,深深地吸入
苦胆里的大海。

对于那些肮脏的手,
对他说:停止!
小心掌心发黑,血管爆裂。
数数他的指甲:十个。
不多不少,足够代表
十宗罪。

给假装看不见的送上隐形眼罩,
祝他心无挂碍,睡得安稳。
侧过身,给臭鼬让道,
但捂上嘴。对说"是"的说"不",
用你学会的新的语言。

守夜,守住所剩的,
别等爽约的,别站在镶嵌着
耳形贝壳的墙下。
有一天,陌生人前来
测量你的身体,

不要动,因为时候到了。

如果这些都太难,那么,沉默——
你该做得到。你已高及门楣。

2017.3.31

阿怒日美[1]（选章）

怒人：居永昌怒江内外。其江深险，四序皆燠，
赤地生烟。

——《南诏野史》

一、不知过去了多少世代

远山正酝酿天灾的空降演习，
牛角号吹响丧葬，野猪在山里狂奔。
跳过库噜舞[2]的人，接着跳祭鬼舞。
高黎贡和碧罗雪山之间漏斗状的峡谷，
流沙、冰雪、尸体，以及飞来石，
源源不尽地倾泻，而江水以每秒六米的
流速裹挟而去，永不餍足。

居住在岩壁上的种族，隔江对望，
在脚掌厚的地表耕种，繁衍。
这每天上演的奇迹剧只有一个主题：幸存。
没有喝彩，除了折磨人的、裂岸的轰鸣。
不知过去了多少世代，我看见一个男人
下到岸边，从掬起的江水中端详自己，
他要洗去耳朵里涛声的万年垢。

---
1 阿怒日美，怒语：怒人的江。即怒江。
2 库噜舞，怒族舞蹈。

二、禁忌

在高山中,如果一个牧羊人
坐在石头上吸竹筒烟,远眺着峡谷,
不要打扰他,他和怒江有话要说。
它懂他的心事,他也懂它的。

在伞状的树蕨或董棕树下,一把佩着
竹圈的挎刀,像是某人遗忘在了那里,
不要碰它,更不要把它挎在身上,
烙铁头蛇嗅得出它的气味。

夺鸡鸟[1]的怪叫从林中传来,
别模仿它,而要加快下山的步伐,
因为天空马上要变颜色,
石头雨将要给莽撞的人灌顶。

如果你来时恰好是饥饿月,
山木瓜青青,黑鹇蹲在厚朴地里挖蚯蚓。
且在夜里你梦见了新鬼,你要去找
尼古扒[2],并还给他一只公鸡。

三、溜索人

蛇形的影子抖动,抽打着江面,

---
1 夺鸡鸟,独龙族语音译,是独龙江地区的一种鸟类。
2 尼古扒,又称"尼扒",傈僳族祭师。

旋涡像无数陀螺在江心急转。
回头浪,马戏团里厌倦的狮子,
退下时抱住黑卵石绣球不放。
钢丝索磨得锃亮,绷在江面上空,
两头嵌入角闪岩的肌肉。

那不语生的妇人一边笑着
一边将一麻袋秧苗(从上江买回的)
在身下捆紧。绳头,在溜梆[1]的挂钩上打结、系牢,
滑轮朝上,双手抓紧绳扣
(手知道:最薄弱的环节容易松脱)。
哟,说时迟,那时快,
身子朝后一仰,人飞了起来,
等不得你惊出一身冷汗,
那移动物体已安抵对岸。

没有桥梁和渡船的地方,总有一条这样的索道
——人,牲畜,必需品,来回滑动。
一封原始的鸡毛信,眨眼间
就从对岸递过来
几秒钟穿越了一千年。

下面,江水一如既往地汹涌,
遇到什么就吞噬什么。

---
1 溜梆,又称溜板,江河之上,钢丝索固定于两岸大树、木桩或石崖上,辅助人沿着从空中滑过。

她的羞涩,她汗沁的眼窝和飞过江面时
被风撩起的头发我是记得的。
我伸手去摸钢丝索,它滚烫得像
从淬火的水里夹出锻铁的火钳。

四、铁杉林

这里不是学者们想象的游乐场:
金丝猴从一棵树飞向另一棵,
倒挂在枝头上眺望人类的村庄。
不,它们仇恨伐木者,成群结队地迁徙,
几近灭绝。
铁杉林在头上旋转,
似乎就要倒塌。直到1992年,
奚志农拍下那张照片——一只母猴
抿着厚嘴唇,将小猴抱紧,害怕着被夺走,
奇迹般地幸存了下来。是谁的仁慈?

陷阱依旧以草伪装,毒箭穿过
树皮上的苔衣射向扭角羚,
那犁具般的大角向内弯曲,发出
高原 X 光。
彝人杨开发向我抱怨
熊的抢掠。它们不吃素,靠别人的血生存。
冬天它们等在岩穴里:
一个寻找山羊的村民在洞口被抓烂了脸。

七、洗发

她在吊脚楼的门外洗发,
风吹起蓄水池满是碎银子的水面。

蜥蜴从树上下来,在池中照见自己
那高原的远古形象。

猪的鼻子伸出栅栏,快乐地哼哼。
她把头发浸在木盆里,弄碎了月光。

一个女娃儿站在梯子上,
手里拿着一只大瓜瓢。

……然后她坐下来梳头,
将木盆里的发丝打捞出来。

一辆车路过,车灯将吊脚楼的影子投放到
惊涛裂岸的怒江上空。

那些水藻般的发丝将被晾干,
日后将兑换成零钱。

八、火塘

屋梁上挂着熏黑的腊肉,
罐子里腌着酸木瓜。

铁三脚架上,陶壶咝咝响,
飘出漆油茶的香味。

怒江供养着这一个家庭:
以口为单位的生物。

那男人,留着熊氏族古怪的两撇胡子,
一言不发盯着火塘。如果开口
他至多会对自己说:"木薯可以挖了";
"溜梆该换了,明天
去镇上打一副铁的。"

一把手提电锯,一小堆木块,
在他脚边,触手可及。

透过竹篾墙的细孔,
星光照见床上的女人和孩子。
玩具洋娃娃的大眼睛
在黑暗中闪闪发亮。

九、默念着加尼、米斯尼、亚尼的名字[1]
我,闯入者,
在浓重的雾里透不过气。

---

[1] 加尼、米斯尼、亚尼,均为傈僳族神灵。

苍老、冷谈的云杉比我更有思想，
它的每个细胞都在呼吸，
像泅过怒江的水牛，
膨胀起最大的肺活量。
它的姿势：长跑者突然站立，
伸长手臂。

孤傲的秃衫比我更具人性，
树干笔直，像独角兽的独角，
举向它自己的命运星座，
拒绝妄念。

我知道林中有神祇，但他们
不屑于向我显现。默念着加尼、
米斯尼、亚尼的名字，
我弯下腰，避开蚂蟥与毒蜘蛛。
松软的腐殖土堆积着
亘古的寂静，
我小心翼翼踩在上面，
犹如人类
第一次把脚印留在月球。

十、两个傈僳人

两个傈僳人在唱圣歌，

一个搂着另一个的肩。

木棉树,硕大的树干扎着红绸带,
手支在下巴上的姑娘在树下发愿。

敞开的院门把我们迎向里面,
放下碗筷,抹去嘴边的玉米粒,

他转身去屋里拿出《圣经》。
羞涩的兄弟揉着粗手跃跃欲试。

身兼本堂司铎的八彩付[1],
百花岭村的圣歌手,

深情地,舒缓地,陶醉地唱着,
旁边是神采奕奕的兄弟在帮忙。

那大卫王写的歌用的全都是傈僳文[2],
又脆又甜,就像麦芽糖裹上了野蜂蜜。

粥已凉,洁白的牙齿在闪亮,
听歌的人忘了还有路要赶。

---

1 八彩付,傈僳族人名。
2 傈僳文,传教士富能仁发明的文字。傈僳文《圣经》的译者系传教士杨思惠(阿兰·库克)。

两个傈僳人在唱圣歌,
一个搂着另一个的肩。

十三、片马

一架从高黎贡山谷的密林里
找到的飞机,静立在驼峰航线纪念馆
空旷的大厅里。
发现它的人已经不在人世,
但那庞然大物像一只患白内障的
年迈的恐龙,
努力在爬满雾气的内膜上辨认我们。

头上是看不见的航线。
飞虎队 C-46 型运输机,载重量 5.5 吨,
腹部浑圆,如怀孕的虎头鲸,
从印度阿萨姆颠簸着飞往昆明。

风暴在聚集,潜伏在喜马拉雅南麓一侧,
群峰的金刚钻刺破天穹,
孔雀蓝泼洒在机翼上,
如海的音乐盖过冲浪板。
突然,机身剧烈战抖,
操纵杆失灵,密不透风的乌云中,
黑龙喷出闪电。
慌乱中有人揿动了地狱之门的按钮,

一架飞机迎面撞上绝壁。

飞行员卡尔·康斯坦因,八十八岁,
坐在美国家中灰色的航线图前,陷入回忆:
"天气好的日子,沿线的飞机残骸反射的光,
串接起另一条金属的怒江,
我知道那是牺牲的战友
冥冥中在为我们导航。"

十四、小青蛇
翡翠的碧绿,几乎是透明的。
游泳归来,抑或赶赴一场幽会?

山岚向高处退去,阳光下,
它骨节的琴键在身体里弹奏
优雅、从容的音乐。蜿蜒过
道路中央,如此冒险,

引来几个无知少年。
掷过来的小石,如不可前知的劫数。

若不是被魔法的手臂制止,
这受造的乐器将难逃片段的命运。

而它,停下片刻,并无惊慌,

小小的眼睛朝向这边探视。

似乎突然注入的灵性让它记取,
如何去丈量一场邂逅中的恩泽。

十九、献给阿子打的挽歌[1]
接受上帝的安排你留了下来,
静静躺在这里的山中。
怒江奔涌,流逝,发出叹息,
伴和着教堂里响起的《哈利路亚》。
友付夺,你的弟子,双手起落,
指挥着那一支歌队。
哈利路亚!你教会他们用和声唱,
你获得一个名称:阿子打。

去遥远的密支那[2]送信的拉几[3],
背着孩子翻越碧罗雪山的娅架[4],
都记得你山茶花般的面容,
以及你开口笑时露出的一颗金牙。
我敢说,盗走你金牙的掘墓人必遭天谴,

---

1 阿子打,美国传教士阿兰·库克(杨思惠)与其妻伊丽莎白于1927年进入怒江传教,1943年,伊丽莎白在福贡县里吾底村逝世,阿兰·库克于1949年被迫离开中国。村民称他们为阿益打(大哥)、阿子打(大姐)。
2 密支那,缅甸北部克钦邦首府。
3 拉几,人名。
4 娅架,人名。

我敢说,你必得永生。
哈利路亚!里吾底村的山民有福了。
怒江!加入那赞颂:阿子打!

说明:本诗部分素材取自艺术家张羽《重走传教士之路——华西圣约讲座》,特此鸣谢!

重逢
——给师涛

飞机缓缓落向湖对岸的机场,
如一只闪烁微光的萤火虫,
轻微的隆隆声,幽暗的口弦。

刚结束一次漫长的地下室旅行,
我想象你透过舷窗望向这片陌生地区
小小的夏夜,脸上掠过的一丝喜悦。

红嘴鸥收拢翅膀,落向湖面,
金合欢睫毛似的叶子轻轻合起,
僧人们在深山的古刹里枯坐。

大理裹在云团中,一些黑元素
摇曳。佛塔上升,向一个
未成形的宇宙发出蓝色的信号。

在夜游的人群中我等待你,
一张归来的脸,携带着苦难的黔印[1],
笑吟吟,从黑暗中绽放。

---
1 黔印,把前额弄黑为黔。秦代称黎民为黔首。

我见识过一些城市

我见识过一些城市,远眺过它们庞大而
高耸的身影。我在某个公园的椴树下睡过,
头抵着一只酣睡的狗温暖的肚子。
我观看过马六甲海峡的船只和麦哲伦海峡
冰冷如死亡之盾的落日。
在库斯科和南太平洋小岛的某个夏夜,
我在滚沸的天心寻找过南十字星和老人星。
我跟众多人士交谈过,我向他们寻求真理
和活着的理由。在嘎纳克部落[1]的篝火旁,
我设想过另一个我的一生
(为了美,他依然要尝尽颠沛流离的滋味)。
我记得几张面孔并被它们深深地感动。
我赞美过身无分文而目光坚定的人。
铭记着两个流浪汉用仅有的几枚硬币请我喝酒,
一位在电梯里偶遇的老妇人开车为我送行的好客。
走到哪里,我总是受到欢迎。我不拒绝善意的召唤。
我知道,并非我携带着什么护身符,
而陌生人之间的爱情若不是前定的难道属于偶然?
我不相信偶然,正如我不相信人只有一次死亡。
走得再远,我从未离开过地球。

---

1 嘎纳克部落,南太平洋美拉尼西亚群岛上土著。

像一只尺蠖,我在叶子的边缘向外望去——
我对宇宙充满了好奇,我不怀疑,
宇宙对我也一样地好奇。

痛苦的授权

我要得很少,因为给予我的已很多;
我要得很多,因为剩余的已很少。

痛苦,我总是被动地接受,如同不情愿的礼物。
友情,半点虚情假意就宣告了自己的破产。

我的家事足以写成一本厚厚的书,
但迄今,只有几个人保守着它的秘密。

害羞和离奇的懒散使我未能像
克尔凯郭尔[1]那样"创造出自己的父亲"。

打开樟木箱,取出那本红皮笔记本——
我父亲的狱中日记,字迹清晰,纸页已发黄。

自我辩护征引"最高指示",经过巧妙的伪装,
但关于我母亲的梦的那些片段是我读过的最美的散文。

除了这些梦,我没有别的遗产。
我无法阻止自己去想象一个死囚的最后一夜。

---

1 索伦·克尔凯郭尔(Søren Kierkegaard,1813—1855),丹麦哲学家、诗人,被视为"存在主义之父"。

我握着打开那一夜的钥匙,
痛苦已授权给我。

厌倦了挽歌

我以为这里是我的洞穴,
我已成功地逃避了
比野兽更吓人的真实,
像柏拉图比喻中的那些囚徒。
沉思着,念念有词,来回踱步,
手指在马林巴琴键上乱弹。
这玩具般的乐器只适合于自遣,
像我们时代的大多数诗歌,
谁都能玩,但难以形成音乐。
人们争论不休,陶醉于口语
或非口语的胡闹。昨天上午,
一位可敬的老诗人在上海逝世,
《哀莫大于心不死》的作者——
我曾在人流中跟他走在一起。
有人写了悼诗,不痛不痒,
只为了不失时机地出场。
我已厌倦了社交圈的逢场作戏,
厌倦了招魂乏术的挽歌,
除非那挽歌是写给自己

2019.1.16

寂照庵

午后,细小的风拨弄着垂条,
林子的荫翳蔓延到脚边。

远处,湖水取了低平的姿势,云车
纷纷停下了引擎。

女尼用竹筒取水,
斑驳的水光摇晃在廊庑间。

由于这寂照,杜鹃花一时明白起来,
它们似乎并不在意观看。

一只长吻松鼠倒悬在自己的尾巴上
戏耍,进山的脚步渐次稀少。

我们坐着,啜饮新茶,
言语沉入杯底,而香气弥漫。

声音与现象
　　——戏仿陈东东

什么东西停在它的声音上?
笨家伙。笨家伙停在它的声音上。

它的脑子里在想些什么?
荒芜。它被摘除的脑子里只有荒芜。

它听见了什么?看见了什么?
它在等待指令,除此之外不听也不看。

为什么它跑到街上来?
它来找吃的,它的胃口大过十头犀牛。

那怎么看不见它的嘴呢?
它不用嘴吃,用肚子两旁的装置。

如果它轰响着追上来怎么办?
去问卡夫卡,一定要去问卡夫卡。

2019.6.16

搜集松针的人

延缓到来的雨季远在印度。
风,野马一般压弯树枝,刮起尘埃。
鸟鸣已被持续的高温废止,
在铅云的挤压下,空气薄如蝉翼。
苍山,炭黑的峭岩怅望着玄冥。
去年的松针堆积在林下,
燠热,干燥,像沉睡的火苗。
乐观主义者坐上缆车去峰顶眺望,
而溪涧旁,一对夫妇伸出耙子,
默默地将松针搜集在竹筐里,
已经在为过冬做准备。

2019.6

致同代人
　　——为我们的四十年而作

一切都是前定,没有哪样东西
属于偶然,没有哪个人孤立。
当史蒂文斯感叹"同时出现,
同时消失的蜜",我知道他指的是同代人。
了不起的事情!不可替代的天命!
是神功,使那元素中的元素
构成我们最基本的质地。

投胎于同一个国度,带着对
天空的乡愁和对土地的好奇,
我们学会看。可是一切都变了,
普遍的坏骨病正在时代的躯体里发生,
古老的重负已经压垮自由,
在自己家里,却没有在家的感觉。
利维坦张开巨口,从海上升起。

它吞吃太阳、婴儿、钢铁,
它命令我们转圈。当一个人移位,
所有的人不得不跟着移位,
直到英雄成为鬼魂的替补,
而看客们袖着手,加入更高的喝彩。
大地,安上消音器的耳朵,

什么也听不见，一片死寂。

我们液化的生命存储在四季里，
经历了茂盛的春夏，接下来是秋冬。
隐形的、紧迫的蜜蜂已经从四面出发。
爱，唯一剩下的，交给苦难去酿造，
祖国不该是一个被窃取的词！
朋友们，同代人意味着团结如蜜，
我们必须一起流淌，漫过黑暗。

           2019.8.2

沙溪口占

流沙,光阴的无尽藏,
不受任何东西差遣,这地上的银河。
一个鲜艳的农妇在田间掰苞谷,
每一滴汗都汇入了下游。

2019.9.29

曲园说诗

——为曲青春而作并致座中蓝蓝、茱萸、夏汉、李双、秋水、智啊威、颜军、华樱诸君。

一

曲径并不通向哪里,每宛转一次,
都为了让你多多停留,从容冶步。
洞府之中又有洞府,"藏天下于天下"[1],
一座玲珑的丘园是世界的拓扑。
花,一时明白起来,又与我同寂,
吾丧我,花非花,相看不厌,俱忘于
哪怕扰攘随后而至的一晌功夫。
话语又岂能像高速公路,往而不返?
交叉、应和、反诘,言语当对,
恰如这园中各得其所的事物。
"说错一句,即堕野狐"[2],友人发笑:
"念错一句热爱的话语又算什么?"[3]

二

锦鲤吹浪,池水映出一个秋凉,
石头也会作揖,不信请去问米芾。

1　语出《庄子·大宗师》。
2　语出《五灯会元》。
3　语出张枣《秋天的戏剧》。

主人是一座玉山,卧游于云深不知处,
它的姿势是自在,磊落又殷勤,
让你摸,让你抱,让你倚,让你坐。
云根兄,天外来客,诗性的基础,
我们的体内沉淀着相同的铁元素,
倘若以坚白论,就错过一个绝妙的隐喻。
是的,石头只是石头,要成为别的,
除非点化的圣手。语不干典的封印:
世纪的紧箍咒,揭开,你就会听见
十万只狮子悲愤地朝天吼。

三

殊胜[1]的一天!凡说出的都渴望生根,
像朴树、青藤,或栽在石头上的兰蕙。
"筷子指向食物"[2],而我们吃诗歌,
你看那《文苑图》中的人物,先在的,
情采各异,当他们沉默,边界就扩大。
变,源于不变。或许开端就埋在这中原地下,
圆的、燕子的卵,一个被梦见的太古,
不可方物,正等着我们去叩问呢。
那么,当代诗的处境是否像容膝庭中那棵
无花果树?隐迹的技艺,旁逸斜出。

---

[1] 殊胜,事之超绝而稀有者,称为殊胜。
[2] 语出罗兰·巴特《符号帝国》。

看不见授粉又如何？未济又如何？

"请呈佹诗"[1]，当诗道碎裂为方术。

2019.10.21

---

[1] 语出《荀子·赋》。佹诗，故意诡异、语调激切的诗。

访陈寅恪故居

是日,与吕德安、凌越、黄礼孩、嘉励诸君携行。

白色小径铺向门前,
斜阳穿过棕榈与修竹,
斑驳既如豹隐,
南枝犹似立雪。
人去楼空,蹑足中
忽闻低吟——
"高楼冥想独徘徊"。[1]

你端坐在暮年的照片里,
盲目而膑足,
嘴角紧锁着一个气候。
陈列柜里那部
《柳如是别传》,
你未见过的,
只因落在钱氏旧园的一粒红豆,
遂拈出一段三百年的公案来。

噫!"托命于非驴非马之国"[2]

---
1 陈寅恪诗句。
2 陈寅恪:《俞曲园先生病中呓语跋》。

何以自遣?

当猧子群吠[1]盖过了河东狮吼,

你自信于韩碑虽被磨去,

斯文不可湮没。

那么,"刺刺不休,沾沾自喜"[2]

之说偈,

又如何叫蚌蛤[3]参破?

唏嘘!我生也晚,

恨未蒙亲炙[4]。

在你离世后半个世纪的今天,

"追悼前亡,唯觉伤心",[5]

更悚惕于几番

过门而不入。

2019.12.22 冬至

---

1 陈寅恪《无题》诗有"猧子吠声情可悯"句。猧子为小狗。
2 见《柳如是别传》书末。
3 陈寅恪有诗云:"食蛤哪知天下事"。
4 未蒙亲炙,指未亲身受到教益。
5 语出庾信《伤心赋》。

与小熊猫照面记

选择了一条难走的路。松针
和泥炭藓湿滑,峡谷深不见底。
侧着头,以免撞在羚牛角一样锋利的
黑云角闪岩上。有时
两手握紧登山手杖,动作像划桨。
肺的风箱呼哧响,但快乐
蔓延到全身的肌肉。
在亭子里休息,仰头看云从雪床上
抽出细丝抛向天空。
几株碎米杜鹃已在岩间开花,
希鹏的鸣叫聚拢了寂静。
现在,它从我们面前走过,这被误认为
浣熊的火焰,横断山脉的稀客,
悠然消失在竹丛里。

2019.12.26

伪经的词条

1. 舌头在沉默之躯上耕作。
2. 他用杉树枝做了一个窝。他把自己藏得太隐蔽了,谁也找不到他;由于这可怕的成功,他甚至大叫:"我在这里!"然而同伴们早已走远,把他一人抛给了无边的昼寂。
3. 原样已破碎,他用眼泪的透明胶补缀。
4. 老鼠跟捕鼠器玩着杠杆原理。
5. 一千零一个文字搬运工中有一个诗人。
6. 魔鬼有时比上帝更严肃。某一天,上帝跟他开了个玩笑……
7. 每一条河都懂得减法。
8. 夕阳硕大。你在沙漠上解小便时打着快乐的寒战。
9. 那我害怕说出的话总是跟随着我,像尚未取出的结石。
10. 他把每一次侥幸都当作恩泽,所以更加放肆起来。
11. 拉杆箱上的拉杆,你摇晃着它走过异乡的石板路,手不觉得颠簸。
12. 形而上之甜睡在一只马蜂窝里。
13. 脚掌是更精确的测量仪。
14. 从更近的地方看,而不用放大镜。
15. 一滴水的威力跟太阳的威力一样大。
16. 儿童是最大的讽刺家。

17. 在个人的格林尼治时间里,我每天比自己超前一小时。

18. 跟有洁癖的人谈论苍蝇的美是徒劳的。

19. 睡眠中的人的自动写作得到星相学的暗示。

20. 诗歌将我带到它所在的地方。

21. 废话比核废料更需要清理——至少对诗而言是如此。

22. 他在一年中所发的誓的总和可以绕地球一圈。

23. 缺乏智性的头脑沾沾自喜时像拨浪鼓。

24. 死亡激情要求着一个出口——进入绝对的黑暗。

25. 只有一次死亡的人算不上真正活过。

26. 那试图将一些词语占为己有的人,最终用这些词语为自己筑起了墓室。

27. 伪装的崇高露出了底裤。

28. 喜鹊的聒噪在你的神经末梢刮着厌烦。

29. 甚至一只不知怎样过河的狐狸在看见自己倒影的瞬间,也与彼岸发生了联系。

30. 爱黑夜的人没有白天。

31. 用直白的方式说与用寓言的方式说是多么不同,但未被说出的部分却相同。

32. 诗人是单细胞的物种。

33. 经常地,当我不在思想时,思想开口了。

34. 地球多动了一下,海洋出现了。

35. 拜黑暗所赐,一些海洋生物不得不用自己的躯体照明。

36. 游戏的心灵是自由的,痛苦的心灵呢?

37. 就他人的痛苦而言，我所拥有的一切都不值得夸耀。

38. 皮肤是天生的气象员。

39. 做梦的人善于在深水里潜泳。

40. 白昼的野蛮律法推翻的王国，我们在梦中重新建立。

41. 最后的小提琴在死神肩上饮泣。

42. 我外祖父告诉我，活得更久的人拿走了早夭者的年寿。

43. 悲恸攥得更紧。

44. 从镜中取回你托管的东西不需要密码。

45. 有人跟我打招呼，有人曾目睹我活在世上。

46. 灰烬是火焰的遗嘱。

47. 接着唱——风吹来的那支歌。

48. 她尝试死亡就像学习裁缝，她穿上那自制的衣裳十分合体。

49. 何物从彼处来到此处？什么东西临近了？

50. 围成圈的巨大石阵——盛宴刚刚散去。

51. 武断的思想是在真理之门上撞出的肿块。

52. 不断升高的宝塔里居住着饱学之士，不知不觉地，已没有楼梯能让他下来。那时他最大的愿望是亲吻一下久别的大地，但想起这一点也已太迟了。他只好到另外的星系上去寻找大地，疲倦时就在真空的牧场里散步。

53. 现在还不是追认的时刻，现在，我们中间的早行者才听见第一遍鸡鸣。

54. 我梦见自己的尸体在被运往故乡的途中遗失了。为了重新找到它,我决定永不醒来。

55. 彩虹的另一端指给你超验的金子埋藏的地方。

56. 当自我成为语言的障碍,语言便另辟蹊径。

57. 沉默是言说的榨汁机。

58. 沉默看着我,像一口井。

59. 当我疼痛时,我知道我不是在游戏。

60. 诗歌寻找的某一类原型就像考古学家恢复的远古地貌。

61. 赶路的人不会注意街灯是怎么亮的。

62. 马戏团里冲进了一群身上着火的、疯疯癫癫的达达主义者,样子像消防队员。

63. 蟋蟀在太阳穴里叫着。

64. 血会升到一定的高度,人的高度。

65. 诗人的辩护词总括起来是一部受难百科全书。

66. 命运把天真轻轻抛掷。

67. 墙伸出脚,绊了慌不择路的人一下。

68. 我正在寻找的那个音节——我的阿基米德点。

69. 日积月累,最终毫无保留地说出你对世界的亏欠,你的债务将得到免除。

70. 作为全景的局部——有限性的拓扑。

71. 这里是诗的,那里是混乱。

72. 不是等到危急时刻才呼救的人有福了。

73. 懈怠时我是我自己的白鼠,主动要求着脉冲的击打。

74. 假死这种自我防御或游戏是可爱的,弱小的动物与儿童们擅长于此道。

75. 同活人交谈遇到障碍时我往往求助于死者。

76. 一个梦：考古挖掘现场，众人簇拥着夏娃。她面容苍白，怕冷似的将两臂抱在胸前，因为她刚刚才出土。妇女们端给她药汤，她喝下后渐渐恢复了血色。有人向她询问亚当的情况，她缓缓回答道："为了留住爱，我已经将他遗忘。"

77. 人们称为必要的恶的东西，仿佛宇宙音乐中的噪音部分。

78. 大恶同至善一样都是罕见的，平庸的恶却随处可见。恶即愚蠢，否则能是什么呢？

79. 一旦条件成熟，集体的恶行将卷土重来。

80. 神击中的那个人必成为我们的导师。

81. 知音生物学：一只甲虫用翅鞘敲打地面的声音，另一只甲虫在百里之外听见了。

82. 积极的遗忘帮助我脱离了当前的险境。

83. 光在睡眠者的眼球上疾走。

84. 通过解剖尸体寻找灵魂的位置比登天还难。

85. 塞壬的歌喉里有一个闸门。

86. 灵魂必须获得一个形状，像史蒂文斯放在田纳西的坛子。

87. 最大的笔误是，想写一个句子，结果写成了一本书。

88. 诗是少的艺术，是世界的剩余。

89. 未完成的，死亡将继续书写。

90. 我惊讶于那么多已被命名的事物得到的只是假名。

91. 更多时候，冥想只是语言之门外的犹豫。

92. 更多时候，我们为自己制造了邪恶，且允许它在体内客居。

93. 诗人是悲哀的，诗是快乐的。

94. 不是诗歌取代了宗教，而是诗歌孕育了宗教。

95. 每个大诗人都有一本为自己撰写的秘典，只在适当时公开它，甚或永不公开。

96. 美的事物并不雄辩，它只是魅力本身。

97. 绝对的！太绝对的！于是我转向那只蝴蝶。

98. 诗开始于哲学终止之处。诗拓宽了哲学为语言设立的边界。

99. 对美视而不见，应该感到羞愧。

100. 看起来是我的思想在变化，其实它只是回到了变化之前。

101. 危言耸听不能帮助我们认识真正的黑暗。

102. 只有为真理而受难的人才具有真正的德行。

103. 神话是一首朝向开端之谜的航天诗。

104. 不再会愤怒的人早已将自己等同于奴才，而奴才只看主子的脸色行事，且施舍是他唯一想得到的。

105. 膝盖是奴才身上最软的部位。

106. 有一种吸血鬼喝的不是你身上的血而是脑浆。

107. 弄臣越多，暴君就越多。

108. 我好奇，故我富足。

跋

我的台湾版诗选《告诉云彩》(2015)是以习诗以来先后居住过的地点来分辑的,编选本集时我参照了相同的体例,六个地点大体构成我个人诗歌地图的六个坐标。我宿命地在这些区间往返迁徙,写作于我一如飞鸿雪泥。地方主义固然有其优势(我私下里羡慕从未离开过家乡的诗人),然而出离所携带的不都是客愁,还有时代加诸个人的重负。位置及语境的变化对题材类型及风格的影响是显而易见的,有时甚至不亚于文学风尚,读者不难从我不同时期写下的诗歌中发现那种对应性。曼德施塔姆谈到诗歌"对世界文化的向往";废名认为诗歌是"不同文化的几种样式"。但愿我在流徙中的文化差异性体验多少提供了某种陌生,丰富与开阔值得期许,然而欲达到那种境界需要一生的努力。语言,诗人所依赖的,如果在运作中不能触及被称为边界或深度的东西,即使徒有形式,也难以留存。神赐总是发生在精神冒险的领域。出于漫不经心或紧迫性的需要,我记录生活事件的方式既有感遇的、反讽的,也有内观的、怀旧的。"凡说出的都渴望生根",诗,在对抗遗忘中做着这样、那样的辩护,其中的某些篇什如能在读者的心灵着陆,我将感到满足。

收入集中的部分未刊诗作不如说是近年出版的诗集的补遗。有的来自笔记,有的来自上世纪的打印稿(若不是家人与朋友的收藏,恐怕早散失了)。借编选的机缘,我对早年的若干未定稿做了修改,原先标注的写作日期依然保留,因为那个写作时间决定了诗的动机。从某种意义上说,也许我终其一生都在写着同一首诗,哪个版本更有价值并不取决于作者。分辑主要为了阅读的便利,并非严格的编年史排列,读者自不必拘泥。感谢上海雅众文化方雨辰女士的邀约。若不是出自热爱,诗歌这一少数人的手艺,将难以在商品化的今天,以书的形式与君邂逅。

2020年2月于大理

图书在版编目（CIP）数据

兀鹰飞过城市：宋琳诗选：1982—2019 / 宋琳著.
—北京：北京联合出版公司，2021.1
ISBN 978-7-5596-3723-9

Ⅰ.①兀… Ⅱ.①宋… Ⅲ.①诗集—中国—当代 Ⅳ.①I227

中国版本图书馆 CIP 数据核字 (2020) 第 229789 号

兀鹰飞过城市：宋琳诗选1982—2019

作　者：宋　琳
出品人：赵红仕
责任编辑：李艳芬
策划人：方雨辰
特约编辑：袁永苹
　　　　　陈雅君
装帧设计：孙晓曦

北京联合出版公司出版
（北京市西城区德外大街83号楼9层　100088）
北京联合天畅文化传播公司发行
山东临沂新华印刷物流集团有限责任公司印刷　新华书店经销
字数181千字　1092毫米×860毫米　1/32　10印张
2021年1月第1版　2021年1月第1次印刷
ISBN 978-7-5596-3723-9
定价：65.00元

版权所有，侵权必究
未经许可，不得以任何方式复制或抄袭本书部分或全部内容
本书若有质量问题，请与本公司图书销售中心联系调换。电话：64258472-800